山茶花中看宇宙

寺田寅彦随笔集（插图版）

［日］寺田寅彦 著
王健波 张晶 译

图书在版编目（CIP）数据

山茶花中看宇宙：寺田寅彦随笔集 /（日）寺田寅彦著；王健波，张晶译 . -- 南京：江苏凤凰文艺出版社，2022.7

ISBN 978-7-5594-6162-9

Ⅰ.①山… Ⅱ.①寺… ②王… ③张… Ⅲ.①随笔-作品集-日本-现代 Ⅳ.① I313.65

中国版本图书馆 CIP 数据核字（2021）第 141614 号

山茶花中看宇宙：寺田寅彦随笔集

[日]寺田寅彦 著　王健波 张晶 译

编辑统筹	尚　飞
责任编辑	曹　波
特约编辑	陈怡萍
装帧设计	墨白空间·李　易
出版发行	江苏凤凰文艺出版社
	南京市中央路 165 号，邮编：210009
网　　址	http://www.jswenyi.com
印　　刷	河北中科印刷科技发展有限公司
开　　本	889 毫米 ×1194 毫米　1/32
印　　张	7.25
字　　数	135 千字
版　　次	2022 年 7 月第 1 版
印　　次	2022 年 7 月第 1 次印刷
书　　号	ISBN 978-7-5594-6162-9
定　　价	48.00 元

江苏凤凰文艺版图书凡印刷、装订错误，可向出版社调换，联系电话 025-83280257

《自画像》

《二楼风景》

《日暮里风景》

《成增风景》

《志村风景》

《松》

《东大校园内》

《爬蔓蔷薇》

《听收音机》

《姐妹》

《庭院花坛》

目录

导言 *001*

卷一 日常中的科学

一杯热水 *006*
备忘录 *012*
海啸与人类 *043*
科学家与头脑 *050*

卷二 生活与哲思

橡子 *058*
咖啡哲学绪论 *066*
解开脚链的象 *074*
吃铅虫 *079*

卷三 文艺中的科学

回忆 *084*
浮世绘的曲线 *089*
自画像 *097*
科学与文学 *122*
读书之今昔 *160*

卷四 追忆漱石先生

给先生的信 *178*
追忆夏目漱石先生 *197*

寺田寅彦年表 *213*

导言

　　被誉为近代日本的乌托邦时代——大正时期（1912—1926），出现过一大批以夏目漱石为核心的教养主义者，比如其弟子阿部次郎、安倍能成、和辻哲郎和寺田寅彦等，这些人接受过一流的精英教育，大多留学西洋，兼具中国古典和西洋学识。他们提倡通过学问和艺术来修炼优秀的品质，培养人格。夏目漱石众门徒之一的寺田寅彦，就是一位值得一书的人物。

　　无论在其生前所处的时代还是如今21世纪看来，寺田寅彦在日本都是非常独特的存在。他是随笔作家、地球物理学家，通晓航空学、化学、地震研究，荣获日本科学学术界最高奖学士院奖。他曾留学欧洲，掌握英法德等多国语言，而且多才多艺，兴趣包括俳句创作、油画、水彩画、小提琴演奏等，可谓日本文理跨界成功第一人，有"诗情画意的科学家"之称。他是夏目漱石的得意门生及挚友，名著《三四郎》中野野宫宗八和《我是猫》中水岛寒月的人物原型。

　　寺田少年时期广泛阅读文学书籍，1896年进入熊本县第五高等学校（熊本大学的前身）读书，文科和英语师从夏目漱石，物理学归于田丸卓郎门下；1899年考入东京帝国大学（今东京大学）物理系，以第一名的成绩毕业后任教，曾赴当时物理学最高水平的柏林大学学习；1916年始任东京帝国大学教授。寺田在从事物理学研究的同时，热心于随笔创作，创造出科学与文学相融合的独特文体。20世纪中后期，岩波书店历时多年出版了《寺田寅彦全集》。据考证，该系列目前仍处于岩波书店开业以来热销图书排行前列。

寺田的作品题材多元，除了故乡风物、生活回忆，还从数理化和其他自然科学领域取材，富于哲思，独具科学趣味性，有洞穿事物本质的直觉力。笔调虽波澜不惊，但读来十分生动细致。作为一名科学家，他对地震的研究非常多，以"天灾总是在我们遗忘它的时候就会降临"这句名言而闻名。甚至日本每次发生天灾，寺田寅彦的书就会大卖，被认为是日本国民防灾必读书目。

作为夏目漱石最早的入门弟子，寺田寅彦与夏目的友谊非常深厚，直到夏目去世前，两位都保持着深入的交流。寺田一直是夏目漱石在作品中运用科学、西方音乐元素的顾问。文学创作上，夏目也经常从寺田身上获取灵感；而在遇到夏目之后，寺田的文学才华才得到了绽放。寺田早年求学期间，经常到夏目家里学习俳句创作，正是在那时，他与正冈子规结识并与文学界有了交集。受夏目漱石影响，寺田从20世纪初就在《杜鹃》等杂志上发表作品，他的文学才能得到过夏目的高度评价。1905年，寺田公开发表了《橡子》一文后，夏目曾惊叹道："无论走学问之路，还是艺术之路，寺田都将成为一流。"

本书是国内首次出版的寺田寅彦图文作品集，集结了这位随笔大家最广为流传的15个名篇，如《一杯热水》《海啸与人类》《咖啡哲学绪论》《浮世绘的曲线》等，其中选录的寺田亲绘的画作，同样是第一次在国内面世。书中部分文章载入了日本的学校教材、中国的日语专业学科教材和日语能力考试卷中。每篇文章长度适中，题材文理相融，观点有趣，分析严谨，像是在做科学实验一样，让读者在轻松阅读的过程中收获不少知识，体会到要用眼、用心发现自然之美的真谛。部分文章还讲述了寺田与夏目先生相处的逸事，可一窥这段亦师亦友、维系一生的友情。

寺田的随笔作品融合了洞察力、趣味性和艺术性，值得反复阅读品味，或许能为想要练习写随笔的读者带来一些参考。

编者

2022年5月

卷一 日常中的科学

一杯热水

这里有一只杯子。杯中盛满热水。仅仅如此，似乎平平无奇，但是如果你仔细观察，就会渐渐注意到一些细微之处，产生种种疑问。仅仅是一杯热水，对热爱观察和研究自然现象的人来说，就是一个非常有趣的观察对象。

首先，热水的表面冒着白色的热气。这不需要过多的解释。热的水蒸气遇冷凝结成小水滴，无数的水滴聚集到一起，于是就像云和雾一样了。把杯子拿到向阳处，让阳光照在热气上，然后在背阴一边放一块黑布，透过阳光，就能看到较大的水滴，星星点点。有的时候，水滴不是那么大，透过阳光，你还能看到热气中带上了红色、绿色，就像彩虹一样。这就类似于白色的薄云遮住月亮时的样子。关于这颜色，也有好些可讲的，不过还是改日再说吧。

任何完全透明的蒸气要变成液滴，都必须有什么东西作为液滴的核心，这样蒸气就会在它周围凝集起来。已经有学者研究发现，如果没有这样的核心，雾也就不容易形成了。这种核心通常是非常细小的微尘，即使用显微镜也观察不到。空气中浮游着许多这样的微尘。飘浮在空中的云

消失之后,就只剩下刚才所说的微尘。据说坐在飞机上从一旁看过去,感觉那些云就像烟在扩散一样。

仔细观察杯里冒出的热气,就能大致知道杯子里的水烫不烫。特别是在门窗紧闭的室内,没有人走动的时候,区别就更明显。如果水很烫,冒的热气温度也高,由于热气比周围的空气轻得多,它就会一个劲儿地往上走。相反,如果水不烫,热气上升的势头就比较弱。要是有测水温的温度计,可以自己试验一下,肯定很有趣。当然,周围空气的温度不同,情况也会有所不同,但我觉得还是可以大致判断出来。

其次,热气上升时,会形成各种各样的旋涡。如果你仔细观察,会发现这旋涡也很有趣。线香的烟,或者无论什么冒出来的烟,都是先从冒烟的地方笔直地升到一定高度,再往上走才会开始摇曳,形成几个旋涡,逐渐扩散、错杂,最后消失不见。杯子里的热气则是一冒出来,就在杯子上方形成大大的旋涡,然后迅速旋转着上升。

有时候,院子里也会形成与此类似的旋涡,不过要比杯中热气形成的更大一些。比如早春时节,天气暖和的日子里,前一天刚下过雨,土还是湿的,阳光一照,有时地上就会冒白气。在这样的时候,请注意观察一下。每当有冷风从走廊的地板下面,或者从围墙的缝隙中吹进来,白气就会随风飘向一边,然后继续上升。有时候我们会看到较大的旋涡,就像龙卷风一样,形成离地几尺高的空气柱,并以非常快的速度旋转。

还有的旋涡,比杯子上方、院子里形成的旋涡规模更大。那就是雷雨天里空中形成的大旋涡。如果陆地上某个地区,因为日照的原因,温度变得特别高,地面蒸发的水蒸气也就特别多。如果这样的地区旁边有一片地方,被较冷的空气覆盖,那么前一个地区的暖空气上升之后,旁边的冷空气就会作为补充,从下方吹进来,形成大旋涡,而且会伴随着冰雹,电闪雷鸣。

这种旋涡与杯子的相比,规模要大得多,有的甚至高达一里、两里[1],所以会发生许多奇妙的变化。但是如果换个角度来

---

[1] 里,日本土地区划或距离的单位。1 里约等于 3.9 千米。——译者注

看，把杯中热水和雷雨看作相似的事物，也并没有什么问题。当然，雷雨的成因并不止我刚才说的一种，也会有很不一样的情形，不可能都和杯中热水相提并论。我只是想用雷雨的例子来说明，有些事物乍看上去毫不相关，在原理上却极为相似的道理。

关于热气，暂且讲这么多。现在我们继续来看热水。

盛在白色杯子里的热水，在背阴处看的时候，看不到什么特别的花纹，但是请你把杯子拿到向阳处，让阳光直接照射它，然后仔细观察杯底。你会发现杯底有一些奇怪的线条，有的明亮，有的暗淡，形成不规则的花纹，轻轻摇曳。如果你晚上照着电灯的光进行观察，那些条纹看上去更加鲜明。这个实验在晚饭后就可以做，仔细观察一下吧。而且，水越热，条纹越清晰。

杯中的热水逐渐变凉，其原因不妨这样理解：热量从热水表面的杯子周围散失了。如果在表面用盖子盖好，那么受冷的就只有热水与杯壁接触的部分。这样一来，在与杯壁接触的地方，热水就会变凉、变重，朝下流向杯底。相反的，杯子中央的热气则会上升，到达表面后向外侧流动。差不多就会发生这样的循环。理科书籍中，经常提到用酒精灯加热烧杯底部时的水流方向，其实和这里是一样的。在热水中放一小截线头，观察其运动轨迹，就能大致知道水流的方向了。

但是，如果不给杯子盖上盖子，热水也会从表面开始冷却。而且，冷却的速度不尽相同，会有个别地方变得相对较冷一些。

在这样的地方，较冷的水就会下降，而它周围较热的表面的水就会朝它原来所在的位置流动，等这些水流到它下降之前的位置，也已经变冷，继而下降。就这样，热水的表面会形成一片片水下降的区域和水上升的区域。因此，热水中也会分成较热的区域和较冷的区域，彼此错杂。而在阳光的照射下，在冷热交界处，光线会发生弯曲，所以照到杯底的光线是不均匀的，就出现了前面所说的那种花纹。

仔细观察阳光照射下的墙壁或屋顶，会看到有什么东西一晃一晃的。这在日语里叫作"阳炎"，它的形成原理和杯底花纹的形成类似。之所以会出现"阳炎"，是因为墙壁、屋顶受热，与其接触的空气变热、膨胀，随后上升，此时形成的不均匀的气流造成了光线的弯曲。

有一种方法，可以让水、空气的这种不均匀分布现象变得清晰可见。通过这种方法，可以把炮弹飞过空中时挤压前方空气的样子，以及炮弹后方形成的气流旋涡都拍成照片，还可以调查飞机的螺旋桨划破空气的情形，做各种各样有趣的研究。

最近，好像还有学者尝试通过这一方法，用望远镜观察高空空气的分布情况。

接下来，让阳光照在杯中热水的表面仔细观察，可以看到热水表面覆盖着一层彩虹色的雾状物，这层东西上有纵横交错的裂痕，只有这些裂痕看上去是透明的。至于这种不可思议的花纹到底是什么，我还没有查到相关的解释，但想必一定和上述所说的温度不均有某种关系吧。

热水冷却时出现的冷热不均的现象，并不仅仅会发生在杯子里。例如，你也可以联想一下，到了冬天，湖水、海水从表面开始降温的时候，会产生怎样的水流呢？这样一来，杯中热水就能和现实生活中的实用问题联系起来。

地面的空气在阳光的照射下升温时产生的冷热不均，对飞行员来说是非常危险的。突然刮起的暴风就是由此产生的。例如，在森林和耕地的交界处，在阳光的照射下，耕地的温度会升得比森林的更高，所以耕地这边的空气会上升，而森林那边的空气则会下降。于是，当一架飞机从耕地上方飞到森林上方时，它自然就会被气流向下压。如果这股力量过大，就会造成危险。与此类似的气流循环现象，也会发生在陆地和海洋之间，而且规模更大。这就是所谓的海陆风，白天从海洋吹向陆地，夜晚从陆地吹向海洋。而在略高的空中，则吹着相反方向的风。

同样的现象也发生在山顶和山谷之间，被称为山谷风。规模再大一些，比如发生在亚洲大陆和太平洋之间，那就是所谓的季风，也就是我们这里冬天刮的西北风和夏天刮的偏南风。

杯中热水这个话题，要讲下去的话还能讲很多，不过这次就先到此为止吧。

大正十一年（1922）五月，《赤鸟》

仰卧漫录

夏目先生的《修善寺日记》[1]和子规的《仰卧漫录》[2]，无论读多少遍都觉得有趣，而且越读越有趣。那种趣味，是在任何戏曲、小说里都看不到的。我说不清它们为什么如此有趣，不过我觉得，在所有的作品当中，这两本书造作的痕迹最少，不事雕琢的叙述中所蕴含的纯真，超越了一切批判和估价，直触人心。也许这是因为，它们都是出入生死之境的大患和具备某些非凡特质的人偶然结合，才产生的文辞之瑰宝吧。

我把岩波文库出版的《仰卧漫录》装在夏服的口袋里，在电车上也时常阅读。没有座位的时候，我就站着读。读着这本书，就能够忘记炎热，忘掉距离。

"早上，热米饭三碗，咸烹海味，梅干，牛

备忘录

[1] 夏目漱石曾因重病住院，出院后为了养病，到伊豆著名的温泉地修善寺休养过一阵子。此段疗养经历被其写成日记。（如未标"译者注"，均为编者注）
[2] 正冈子规（1867—1902），明治时期著名诗人，夏目漱石的文学挚友。《仰卧漫录》是天性开朗的子规长期卧病，但苦中作乐写就的日记体随笔集。

奶一合[1]兑可可，甜面包，咸饼干……"书中这样的记录日复一日，却不会让人觉得多余或厌烦。每每读到这些，我都能体验到一个个崭新的早晨，切实地感受到米饭的温热和香气。我同作者一起迎接这珍贵的、生命中所剩无几的一天又一天。牛奶是兑红茶还是兑可可，这是个重大的问题，比政友会操纵内阁还是宪政会操纵内阁这样的问题还要重大。[2]

午饭"吃剩的刺身"，晚饭的时候接着吃，像这样的记录在书里也屡次重复。这几片吃剩的刺身，给诗人午后的精神生活投下的阴影，恐怕并不像我们从文字表面读到的那样平淡和

1　合，日本度量衡之尺贯法中的体积单位。1合约等于100毫升。——译者注
2　政友会，全称"立宪政友会"，第二次世界大战前日本第一个近代政党。宪政会，日本大正时期至昭和初期的政党派别。

浅显。

人们为了安慰病中的诗人,送来各种各样的东西,透过他们的心绪,可以读出各种复杂的心理。聪明如子规,不会对此毫无感觉。但是,他好像凭借着习惯的力量,例行公事一般地记下从各色人等那里收到的各种各样的东西,仿佛这是他理所当然的权利。这些事务性、散文性的记录背后,却都是泪水。

书中有一段,子规头昏脑涨,开始反复地呼号:"啊,受不了了!啊,受不了了!""怎么办?怎么办?"读到这里,我竟然莫名其妙地觉得滑稽。子规记录他因为绝望的苦痛而想到自杀的过程,不知道为什么,我却觉得好笑,真是不可思议。我在"金枪鱼刺身"中感受到了悲剧之情,却在这自杀的一幕中感受到了喜剧的氛围。但是,有没有可能,这个时候子规的疾呼其实有某种意义上的"欢笑"之意?在演完这一幕,并且把它写下来之后,子规会不会感到前所未有的畅快?

夏目先生的《修善寺日记》中,既有重生的喜悦,又有对彼岸世界的憧憬。这两种强烈的情绪,凝结成一首首俳句和汉诗,如珠玉般镶嵌在日记中。子规的《仰卧漫录》,则以生动而真实的形象,表现了子规在直面无法避免的死亡时,对此岸世界的执着。其中表达效果最强烈的,就是他对每天的三餐和零食一丝不苟的记录。"热米饭""甜面包""金枪鱼刺身",子规把这些美味的食物一一记下,仿佛很是期待。它们是《仰卧漫录》中不可或缺的一部分。

《仰卧漫录》是子规用生命写下的美丽诗篇，其中记录的每日菜单，则是每章都要一再重复的副歌，亦是这本书的主音。

夏

近几年，大概是从大正八年（一九一九年）生病以来，每年夏天的到来都成了我一年之中最大的期待。早上起来，若温度计显示接近华氏八十度（约二十七摄氏度），这时候即使用凉水洗头洗脸也不会发冷，即使不穿袜子，脚也不会感到凉。仅仅是这样我就觉得很庆幸了。浑身的血液终于可以畅通无阻，自由地循环至毛细血管的末梢。或许是因为这个原因，我的脑袋会轻微贫血，稍微有些恍惚，听觉也比平时迟钝。而这时的心境却是最为静寂，平和。

白天最热的时候，做一些简单机械的调查工作也很舒服。由于不太用脑，工作做着做着，成果一点点就出来了，不知不觉忘记了时间，忘却了炎热。

我不喝酒，所以不太清楚陶然而醉是什么感觉，至少未曾体会过醉酒的滋味。但是我觉得，酷暑炎热中做着轻松的工作，头脑恍惚间的那种快感，也许跟陶然微醉之感是一样的。这个时候，最好再来上无数只蝉，齐声鸣唱，可惜我住的这个地方并不会上演这一幕夏季的管弦乐。

盛夏时节，最适合坐在咖啡店干净整洁的桌边，喝一杯热咖啡。银器发光，玻璃杯闪亮，小花瓶里插着花，风扇发出如蜜蜂低吟般的乐音，这不恰恰是《牧神午后》所表达的情绪吗？我不禁想象，德彪西会不会也患有贫血，因而畏寒怕冷呢？

夏天的夜晚也非常有趣。我会把藤椅搬到院子里，眺望星空。天蝎座，巨蟹座，就在旁边的栗树树梢上闪耀。今年花坛里的向日葵疯长，都高过屋檐了。巨大的花朵在夜里依然明亮，迎着凉风频频点头。

人们讨厌的蚊子，我却不以为意。初中时，整个夏天我都坐在后屋的椅子上埋头读书，两条腿被蚊子叮了个遍，自此以后好像就对蚊毒免疫了，即使在凉台上手脚稍微被叮了一下，

也没有任何感觉。没有蚊子的夏天，大概就像没放芥末的鲷鱼刺身。

骤雨欲来的夜晚，独自坐在二楼窗边，观察云的变化，也是我的一大乐趣。这种时候，云的运动相当复杂，方向和速度都会急剧地变化。如果再有闪电，就更有意思了。任何烟花都比不上这天工之作。

雨要下不下。过了十二点，我就上床睡觉了。半夜，沛然而至的雨声把我叫醒。在我的人生中，如果有什么不花分文，不需要任何条件和理由的乐趣，这时的雨声肯定算一个。我想对于那些不喜欢夏天的人来说，也是一样。

冬天的乐趣，只有健康的有钱人才能享受，并且需要相应的文化设施。相反，夏天却是穷困的贫血症患者的乐园，是自然之子的天地。

凉意

"凉"这个字的含义相当复杂。它不单单是指气温低，也可以解释为持续的炎热在短时间内减退的感觉。但是，我们在盛夏时节所享受的凉意，似乎来自高温和低温的急剧交错。比如，伏天在冰库里待一个小时，那感觉不是凉，而是毛骨悚然的冷。再比如，电风扇吹出来的不间断的风也并不凉快。

走在夏天的山路上，能感觉到冷热气团混合交织在一起。

气团颗粒时大时小，当颗粒大小到了一定程度时，你就能感受到最大的凉意。但是，目前还没有学者从这个角度对凉意进行定量研究。如果气象学者和生理学者共同研究这个课题，想必会很有趣。

在仓库或地下室里，空气的温度分布一般比较均匀，没有这种冷热气团颗粒交织的现象，换句话说，这里的空气是"死"的。相反，山里的空气是"活"的。空气中有温差，所以才会进行复杂的热交换。无论是在时间上还是空间上，我们的皮肤神经都会受到复杂的刺激，而刺激产生的特殊感觉，就是所谓的凉意。

伏天施灸术的感觉，就跟感受到凉意似的。天气最热的时候，往背上浇热水的感觉也一样。由此可以想到一种科学的纳凉方法，那就是选择皮肤若干部位，同时施加高温和低温的适度刺激，这样就可以感觉到最大的凉意了吧。或者可以对某个局部周期性地交替施加冷热刺激。对于实验生理学者来说，这应该是一个很好的研究课题。

根据这个假设举一反三，热酒配冷豆腐，吃完冰激凌马上喝热咖啡，这样的搭配之所以受到人们赞美，其实都是因为如此能享受到一种凉意。

以上对凉意的解释，是就人的皮肤感觉而言的。它是否同样适用于精神上的凉意呢？这又可以成为心理学者研究的问题。

向日葵

躺在院子里的藤椅上，观赏晚霞下耀艳的向日葵。有的花朵正在怒放，而它旁边的花朵却已经开始枯萎，又黑又大的花蕊周围，挂着几片已经枯干的花瓣。还有的花朵，虽然开放了，却仿佛是没长成的赝品，空有花的形状。大叶子也很少有完整的，有的被虫咬过，有的半边已经变成黑色，枯萎着的样子。所有这些参差不齐的"零件"合在一起，就是鲜活真实的向日葵形象。在描绘向日葵时，如果肤浅地将枯萎的花、虫蛀的叶统统去掉，就不可能画出真实的向日葵。

精巧至极的玻璃雕花和真花的本质区别就在于此。尊崇写实，反对任何理想化的观点固然极端，却也有其道理。实际上，有些浅薄的理想主义艺术就像面塑的花朵。话虽如此，一味强调因为虫蛀或霉菌而变色的叶子的表现主义也令人头疼，德国一带最近的绘画似乎就有这样的倾向。

物理学方面的文献里，浅薄的理论物理学家的理论性论文，在我看来是最枯燥乏味的。即使逻辑无懈可击，数学运算没有一点谬误，但是它所讨论的"自然"是面塑的"自然"，是友禅染[1]的图案表现的那种自然。深不见底的"真"的本体，反

---

[1] 日本特有的布料染色技法，图案多用将动植物、器物、风景等纹样简略化的设计。——译者注

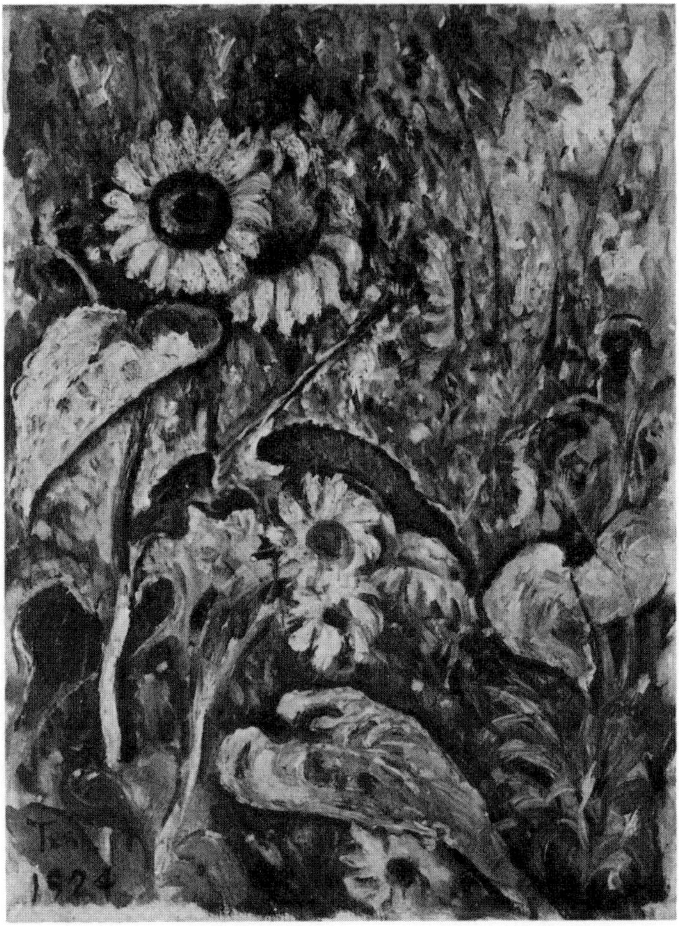

而因此被遮盖了。这种犹如包着花的彩色印花纸一样的论文，在德国一带的博士论文中经常可以看到。

真正优秀的理论物理学家的论文中，有的让人联想到东洋画，特别是南画[1]中的神品。乍看之下画得极其粗略，而且任意地扭曲自然，但是它所捕捉、所表现的某种东西，是隐藏在鲜活的大自然深处的灵魂。这就是所谓的 fecund（即多产、丰饶之意），它会开花、结果，为人类的文化做出某种贡献。

理想艺术如果能达到南画的境界，也就具有了科学价值，同样，理论物理学如果能够做得出色，也会具备艺术之美。

纯粹的实验物理学家与写实主义艺术家有相似之处。他们必须用自己的眼睛观察展现在自己面前的自然。这是最重要也是最困难的一点，但是我们的眼睛容易被传统遮蔽，被权威的光环眩惑，而看不到自然原本的样子。眼前出现了非常有趣的现象，但是如果它没有在权威的文献中出现过，可能就会被当作毫无价值的次要的东西，永远地错过。我们的眼睛只盯着西洋的权威大家早就研究过的、"发了霉"的平凡现象，所做的工作就如同在征服者的大军过境之后的荒野上捡拾掉落的弹壳。

写实画派的后裔，大多只会透过前人的眼睛观察自然。如

---

[1] 受中国南宗画影响，自江户中期开始在日本盛行的绘画流派。——译者注

果有人描绘的自然超出了鼻祖选定的题材，那他就是异端，是叛徒。

观察向日葵花时，我们的眼睛马上就会被凡·高所投射过的强烈的传统眼光所迷惑。要从自身内部发射出强光，从而让传统之光黯然失色，进而创造出自己的向日葵，其困难可想而知。这种困难，恐怕也正是所有从事科学研究的人都会感受到的。

线香烟花

夏夜，孩子们在小院的长板凳上玩的线香烟花，对已经成年的我来说，也有着强烈的诱惑。它让我想起自己孩童时代的梦想，想起如今已不在人世的亲朋好友。

刚点燃的时候，烟花只是微微地冒烟，沉默着。这份沉默所持续的时间，刚好能够让围观的人们由于对即将发生的现象的期待，而在心中产生些许紧张。接着，火药开始燃烧，小小的火焰像牡丹花瓣般绽放，火焰的反作用力使得整根烟花像钟摆一样晃动。同时，灼热的熔融物形成的球体逐渐变大。火焰熄灭到进入接下来的火花阶段前的短暂停顿，又会给人一种难以名状的感觉。火球发出微弱的沸腾般的声音，带着细微的震动，让人感觉它的内部仿佛有一股即将爆发的力量在翻滚。突然，火花开始绽放。细微的火弹以眼睛难以捕捉的速度发射出来，撞到空中某种看不见的物质后破碎，化为无数的光的箭束四散开去,其中一束进一步破碎,然后形成第二根、第三根、第四根松叶状的火星。这种烟花在时间和空间上的分布恰到好处,不能再疏或再密一分。这支火花的音乐,有着恰当的步调和配置,而且富于变化。音乐的节奏越来越快,密度越来越大,同时,一个个火花越来越短,火箭的前端力量变弱,弯曲着垂下了。火弹不再有爆裂的能量,由于空气阻力而失去了速度,在重力的作用下垂落,描绘出一道道抛物线。开始是庄重的广板(Largo),然后是行板(Andante)和快板(Allegro),在进入最急板(Prestissimo)后,紧接着由急剧的渐弱(Decrescendo),转入哀伤寂寞的终曲(Finale)。[1] 母亲把这最后的阶段称为"散菊"[2],真的就像枯萎的单瓣菊花的形状。想起母亲一边念着"散菊啊散菊",一边打着拍子的声音,脑海中便浮现起了故乡的童年记忆。火球吐着火花,直到耗尽所有的能量,最后无力地掉落在地,宣告这首火花奏鸣曲的结束。留下来的,是淡淡的,转瞬即

---

1 广板、行板、快板、最急板、渐弱和终曲都是音乐术语。前四个为基本速度术语,渐弱为基本力度术语,终曲为一首乐曲的结尾部分。

2 日本人将线香烟花从点燃着火到消失殆尽的过程,其随着外在温度和时间而变化的模样,分为四个阶段,叫作"花蕾""牡丹""松叶""散菊"。花蕾:点火的同时,火花有如被给予了生命一般,拼命吸取氧气而逐渐变大的火球,好似即将绽放的花蕾。牡丹:开始喷出强而有力的火花,噼里啪啦地作响,就像盛开的牡丹一样美丽。松叶:喷出的火花更加强烈,一束束火光好像松叶一般接连迸发。散菊:红光变黄到最后消失不见的一瞬间,一支线香烟花的生命就闭幕了。

逝的夏日黄昏。我不禁想起了柴可夫斯基的《悲怆交响曲》。

这一根线香烟花的短暂生命中，包含了"序破急"[1]，包含了"起承转合"，包含了诗歌，也包含了音乐。

近代流行的电光烟花之类的怎么样呢？确实，或许铝粉烟花或镁粉烟花的闪光亮度更大，锶粉烟花或锂粉烟花的火焰颜色也很美，但是，这些烟花从开始到结束只是单纯地燃烧，没有拍子，也没有节奏。烟花燃烧结束后一片狼藉，单调乏味。如果说线香烟花是贝多芬的奏鸣曲，那么电光烟花就是喧闹的爵士乐。我甚至想说，这是日本固有文化的精髓，遭受带着浓浓美国气息的近代文化碾压的一种世态。

线香烟花灼热的火球中迸出火花，继而发生第二次、第三次爆裂，这种现象是什么作用的结果呢？这是个有趣的物理学和化学问题。如果深入研究，必将触及科学上最重要的基础问题，其解释想必也能带来一些贡献。因此，从十余年前开始，我就建议过很多人研究这个问题。特别是那些在地方学校供职，没有充足的研究设备，却一心想做一点独创性工作的人，我总是会向他们提出这个线香烟花的问题。但是，直到今天，我都不曾听到有谁已经着手这项研究了。我想，只能自己动手了，于是在两年前开始着手去做。虽然只做了一点点，得到的成果

---

1 "序破急"是日本能乐的演奏方法，指始、中、终三个组成部分，也专指速度的三种缓急变化。

也很微小，但这些成果已经让人觉得不可思议。至少足以证明，线香烟花的问题未来将成为一个重要的研究课题。

我不明白，为什么这么有趣且有益的问题，从来没有人着手去研究。也许是因为"找不到参考文献"，也就是说，之前没有人研究过，所以才放弃的。除此之外，似乎找不到其他的理由。但是，没有人研究，绝不代表这个问题就没有价值。

可以想象，如果西方的物理学家知道我们有线香烟花这种东西，那么估计早就有一两个人着手研究了。而且，如果他们的研究结果发现了什么有趣的，我们国家如今也应该有一两篇关于线香烟花的学位论文了。就连说这些话的我，也不至于把它一直搁置至今。

最近有法国人研究用砂轮磨刀时产生的火花，并想到根据火花的形状区分刀具钢铁的种类。如果交给此人，估计线香烟花的问题很快就会有进展。但是如果可能的话，我还是希望由日本人来研究。

我们不远万里，到西方学者挖得七零八落的遗迹中寻找矿石的碎片，这倒无妨，但是也不该忘记埋在自己脚下的宝藏。只不过，要挖掘这样的宝藏需要一些勇气，要准备好被人嘲笑，被人当成疯子。

金米糖

　　金米糖[1]这种糖果，今天在一般的糖果店、点心铺都看不到了。问了才知，由于市场逐渐被奶糖和巧克力挤占，现在很少有地方生产金米糖了。虽然有那种小粒的，染成蓝、黄、红等颜色，装在小玻璃瓶里来卖，但是做法略有不同。

　　制作金米糖的过程，其实很不可思议。我听说，它的制作方法是在纯净的砂糖中加入少量水，再倒入锅中溶解成黏稠的液体。然后放入芥子粒，作为金米糖的内核，用勺子搅拌，搅着搅着自然就会形成那样的形状。

　　砂糖围绕着里面的内核逐渐凝固、变大，这并不奇怪。问题是，为什么会形成那样的棱角呢？

　　物理学中，当物体朝所有方向的可能性都是均等的情况下，从对称的观点出发，一般来说，会赋予所有方向相同的数量。现在，金米糖变大的时候，并没有特别的原因使某个方向上必须变得更大，由此可以得出结论，金米糖应该长成完美的球形。然而金米糖却毫不理会上述逻辑，一个个长得棱角分明。

　　这当然并非逻辑谬误，而是从错误的假设出发必然会得出的错误结论。那么，解开这个逻辑悖论的关键在哪里呢？

---

[1] 一种传统日式点心，外形像星星，15世纪室町时代末期由葡萄牙传教士传入日本。

这里我们犯了两个错误。第一，所有方向的均等性说的是统计意义上的平均，并不能直接应用于具体的个体。第二，忽略了不稳定的情况，即一旦开始背离平均值，这种背离现象就会愈演愈烈。

我们只需要这样一个物理条件：一旦平均的球体出现了偶然的统计差异（fluctuation），哪怕只是很小的波动，由此就会导致高处的增长比例比低处的大。现在的情况下，这个条件是什么还不清楚，但是可以想象，那样的可能性有很多。

有趣的是，金米糖的棱角数量几乎是恒定的。是什么因素决定了棱角数量？这是一个非常有意思的问题。

在以往的物理学中，很多与金米糖的情况类似的个体差异问题，都被忽视了。物理学主要处理的是具备一定条件的情况，在那些条件下，个体差异都被自动消除了。至于那些不稳定的情况，就视而不见。也许是因为人们不知道该如何处理那样的情况，另一方面，也可以说是因为物理学钻进了"传统的岩洞"，苟且偷安。

近几年，物理学的发展似乎开始出现了曙光。对偶然差异现象的研究有了一些新的进展，但是目前其研究方法仍然很幼稚，研究范围也很狭窄。

从这个意义上讲，关于金米糖形成过程的物理学研究，在根本上，与未来物理学研究整体的重要基础问题，有着必然的本质性的联系。

　　同样的，"李庭博图"[1]也是有望成为未来物理学研究问题的众多现象之一。很久以来，这个问题常被视为古董，无人问津。偶尔有好事者研究它，还会招来很多学者的嘲笑。讽刺的是，最近有人发现，这种现象可以在电气工程领域应用于测量电压，于是从事这项研究的人才开始渐渐增多。但是到目前为止，还没有人试图解释这种现象的成因。这种现象的根本性质，与金米糖的形成过程在一定程度上有共通的因素，或许将来能产生"一石二鸟"的成果。

　　对于生物学上的"生命"问题，目前物理学还没有任何的发言权。开尔文男爵[2]曾描述过一种想象。他认为地球上的生命的种子，是借助光压从星空运送而来的。然而，对于生命本身的起源，这只是一个次要问题。如果物理学一直安于现状，恐怕永远都无力涉足生命起源的问题。但是我不禁想象，如果今后物理学上关于统计差异的研究不断进步下去，可能会在这方面意外地收获一把钥匙，有朝一日架起物质和生命之间的桥梁。

1　1777年，德国物理学家李庭博（G. Chr. Lichtenberg）首次发现放电现象有时会在绝缘材料的表面或内部留下图案，这类图案后来被称作"李庭博图"。之后不少物理学家利用这一原理研究出了一些应用技术。

2　威廉·汤姆森（William Thomson），又称开尔文勋爵，19世纪英国物理学家，热力学之父。——译者注对街上往来的人数进行的一项统计结果证明，一个个的人和没有生命的气体分子呈现同样的统计分布。如果有一个外星生命从另一个世界来观察街上的行人，假设它只看跟这样的统计分布有关的内容，那么我想，在它的眼中，人类与没有生命的微分子无异吧。然而，当它看到这些微分子竟然构成了有机的国家、社会性组织时，一定会对这个有机体的生命起源充满疑问。

　　这个类比唤起我的一种想象：生命的终极起源，是不是已经存在于一个个的物质分子中了。物理学家观察到的，会不会只是统计上的表现？当看到那些他们认为没有生命的微粒组成了名为生物的国家，组成了社会，定会惊奇吧。

　　之前也有人试图证明同一元素的分子有个体差异。能不能通过赋予每个原子以生命，来统一科学的两大根本——生命与物质呢？

　　从金米糖的物理问题出发，渐渐登上想象的阶梯，最终进入了生命起源这一千古谜题，我也觉得有些离题了。今夏的炎热打破了近几年的记录，就当我是个热昏了头的痴人，写下了一些醉中语吧。

　　话说回来，如果这有趣的金米糖像千岛阿伊努人一样消亡，是非常可惜的。希望那些致力于保护天然产物的人，也顺便保护一下这样的事物。

搓澡工

搓澡工，也叫作"三助"，不知道是什么时代开始有的，仔细想来，这真是一个奇怪的职业。如果是大旅馆的搓澡工，可以让那些平常不容易接近的显贵一丝不挂，像处理萝卜或用捣蒜锤一样摆弄他们的肢体，最后还会对他们的肩背一顿猛打、揉捏。搓澡工还有另一项特权，就是可以每日欣赏和赞美那些美丽宁芙的芳姿且不会受到惩罚，而这本来是只有古代西方神话里的萨堤洛斯[1]才能看到的光景。

西洋似乎也有类似的职业，我曾在古老的木版画上看到过。他们提着青龙刀刀柄似的东西，大概就是用来搓身上的污垢的。有趣的是，他们也穿着像兜裆布一样的东西。

我去澡堂的时候，从来不会找搓澡工。自己的身体自己能洗，不想交给素不相识的人，让他对我的身体像对待物品一样。

但是，令人烦恼的是，旅行的时候，如果住的是像样一点的旅馆，会被强制性地指派一个搓澡工。也许可以拒绝，但是我又不好意思开口，只好听之任之，非常不舒服。最恼人的是，搓澡工会捶打、搓揉我瘦削的肩膀，意思是给我按摩。痛苦的感觉一直传到我的脑袋和肚子里。我说够了，他也不会马上住

---

[1] 古希腊神话中的林神，耽于淫欲，性喜欢乐，每天不是喝得半醉，就是在林中与仙女们嬉戏。

手,真是烦人。碰上认真的搓澡工,搓完还一直跟着你,最后连毛巾都帮你洗了。在别人的监视下洗澡,总觉得尴尬,这也是一个烦恼。

跟朋友提起此事,至今没有一个人同情我。有人说,搓背要尽量周到细致,按摩也要做得充分,只有这样才舒服。还有人说,旅行的时候,可以在旅馆的冲澡处向搓澡工询问当地的情况,这种方法最有效,也最有趣。

这样看来,搓澡工是广受世人喜爱的,但是也有少数人对其深恶痛绝。将这样一个事实记录下来,也许并非毫无意义。

顺便一提,在精神方面,好像也有相当于搓澡工的职业。无论是除心灵之垢,还是除身体之垢,一旦变成生意,都会变得差不多吧。对于这类心灵的搓澡工,我也希望能有取舍的自由。

调律师

在所有的职业中,钢琴调律师是比较优雅的。不管其本人怎么看,至少在旁人看来是这样。随着西洋音乐逐渐普及,对这个职业的需求增加,从业人数也在不断增加,但他们的生意好像一直不错。

我认为,一个放着钢琴的房间,通常不会让人觉得心情不快。可以想象,和钢琴打交道的人,应该也不会粗俗无礼。

要在众多琴弦中找到那些稍微有一点走音的，按照一定的方式依次调节。键盘上的琴键活动不灵活，要逐一仔细检查。这个过程看着就很舒服，有一种搔到痒处的感觉。等到调音结束，拂去灰尘，盖上盖子，为了保险起见，试着弹几个音阶或者和弦，确定工作已经完成的瞬间，想必心情一定不坏。

我也想过当一名调律师，像夏目先生的小说《草枕》里的画家主人公那样，拥有一双心灵之眼，在日本各地旅行，肯定会很有趣。

可不可以有这样一位伟大的调律师，他能够调节像走音的钢琴一样失常的世道人心？可不可以有这样一个人，去走访那些骨肉相残的不幸家庭，那些侪辈相阋的可耻集会，对龃龉的人心进行"调音"呢？

故事里讲到的最明寺时赖[1]，评书里传诵的水户黄门[2]，在我看来就是一种调律师式的游历。不过这二人在"调音"的同时，大概也毁了不少好乐器。

调律师这一职业的一个特征，就是因为它是一种高贵的职业，所以不允许将丝毫的"自我"置于工作之上。音和音之间

---

[1] 镰仓幕府第五代执权者。相传他终生致力于民生，因而有走遍各地体察民情的故事。——译者注

[2] 江户时期水户藩第二代藩主德川光圀公的别称，民间流传着许多他微服出访的有趣故事。——译者注

本来就有和谐的自然规律，调律师只不过是进行引导，使其达到和谐状态罢了。

有时候我想，我们也不需要所谓的伟大思想家、宗教家，只需要人类心灵的调律师。如果说有什么职业是跟这种调律师类似的，大概就是好的诗人，好的画家吧。

但是，世上有些人对任何艺术似乎都毫无感觉，甚至有人厌恶艺术。这些人的心中没有"钢琴"。对他们来说，调律师是毫无用处的。"道貌岸然者"中不乏这样的人。这大概也是理所当然。没有钢琴，就不会走音，就像不开的花永不凋零一样。

芥川龙之介

芥川龙之介自杀了。

我只见过他三四次，其中一次还是夏目先生七周年忌辰的时候，在杂司谷的墓地见到的。其他人要么穿西装，要么穿和服，只有芥川君身着便装，格外显眼。我记得他当时面容憔悴，脸色苍白，暗淡无光，站在离人群稍远的地方。他的嘴唇颜色很红，用手拢起长发的姿势让他整个人显得更加忧郁，这些细节一一浮现在我眼前。我还记得参拜结束，大家准备离开的时候，K君问："一会儿过来吗？"他只是默默地以目致意。我之所以记得这些，想必是因为当天芥川君给我留下了特别的印象。

再一次见到他，是在芝公园的某家餐厅，K社举办A派诗人的诗集出版纪念会上。在餐桌边，干事指名让大家讲话。坐在主宾诗人右边的芥川君，脸色沉痛，站起来说："我没有什么感想要在这里发表，如果非要说的话，对于肠胃不佳的我来说，今晚摆在餐桌上的面包硬得可怕。"说完就坐下了。那天晚上，芥川君不像前些年我在杂司谷墓地见到他时那么羸弱。他讲话时紧绷着的脸上写满了年轻和锐利。然而，谁都看得出来，某种严重的疾病已经从内里侵蚀了他的整个身体。直到今天我写这篇追忆文时，"面包硬得可怕"这句话依然清晰地回荡在我的耳底。我觉得那是他意外去世的一种暗示。

当时坐在一起的四五人中，有两位已经去世了。另一位是诗人 S·A。

逝者名簿

得知丑女去世了。她是我故乡父亲家里的一个老婢，前后做了将近十五年。我还在高等学校读书的时候，她才来家里帮忙。母亲从那时候开始变得体弱多病，丑女就帮着料理一家的杂务。父亲去世后，我离开故乡的旧居，搬到此地，丑女就回她故乡的海滨小村去了。她有个弟弟，本来准备帮她盖房子的，却在日俄战争中战死了，只剩下她孤家寡人，只好认了已经出嫁的姐姐的女儿作养女，帮着照顾。

母亲在世的时候，她还经常写信来，后来母亲去世了，就自然而然地疏远了，所以这次连她生病我都不知道。据说她年纪大了以后一直诸病缠身，估计这次让她丧命的，就是这诸多病症中的一种。

从各方面来讲，她都是一位忠诚的仆人，做事从不半途而废。这样的性格往往会表现为"自我"的强势。另外，她虽然没有学问，却头脑清晰，观察敏锐。她喜欢盯着人家的脸看，无论对方是谁，也不管礼貌不礼貌，就好像要透过那人的眼睛，看穿其内心深处。事实上，她似乎真的有这种不可思议的能力，能看到人们隐藏在技巧背后的本性。这一点让人们对她或怕或恨。不过，她作为一个女人，似乎不能直视自己的内心。

有一次，一位贵妇在众人的围观中下了人力车，通过这一瞬间的观察，丑女发现了贵妇皮肤上的某个特征，并告诉了别人。此事后来成了一则故事，人们都说丑女真是个可怕的女人。

丑女身材高大，在日本女人中很少见。她的容貌也不丑，属于鲁本斯型。她的举动并不敏捷，甚至有些迟钝，但是干起活来总是很快。因为她很聪明，不在不必要的事情上浪费时间，也因为她不辞劳苦，从不偷懒。

我经常会因为她的忠诚而烦恼。我希望有些事她能自己拿主意，她却不肯。总之，两种不同类型的利己主义，在这点上到底是不能相容的吧。

想起一件奇怪的事。父亲临终时，病床的枕边放着冰柱，开着风扇。温度计显示超过（华氏）九十度，那是一个令人难忘的酷暑天。冰柱放在白铁皮箱子里，丑女就用小碟子从箱子里舀了融化的积水来喝。我告诉她那水不能喝，但她完全不听，不知舀了多少碟喝掉了。我还清楚地记得，她的眼睛周围泛起了紫色的圈印。

去年，我护送母亲的遗骨返乡，丑女特地走了十里路过来看我。当时我注意到，她的头发明显白了许多。她说自己老了，言语中半是得意，半是寂寞。我想她今年大概有五十二三了吧。

在我年轻时的故乡的回忆中，那些亲朋好友仍然历历在目，但是他们在现实中的存在渐渐消失了，着实令人寂寞。有些人即便还活着，也不知道会不会再见面，除了千篇一律的新年祝福或暑期问候，基本没有联系。他们早已成了记忆国度里的人，可是他们的死讯仍然带有一叶知秋般的寂寥。

翻开杂记本最后一页写下的逝者名簿，仅是身边亲近的人中，已成故人的也有十多位了。其中，有一半比我年纪还小。我想有朝一日要为这些人写写追忆文，但是一个个写的话，恐怕永远也写不完，写追忆文就变成了书写我自己人生的自传。这不是轻易能下决心做的事情。恐怕还没写完，我自己也上了别人的逝者名簿。

越是身边的人，追忆的时候负担越重，越难下笔。只有那些居住在回忆国度边境附近的人，才比较容易成为记录的资料。

本应该写进逝者名簿，但还没有写的，还有我养过的三只猫。不可思议的是，在追怀的国度里，这些家畜已经跟人没有丝毫不同了。它们会开口说话，也能跟我互通心意。那些对死去的人的追忆，美好中多少会带有苦涩，但是关于这些家畜的回忆，没有任何苦涩的余味。这也许是因为它们活着的时候不会说话吧。

猫之死

小玉是一只黄色的公猫，身上有褐色的虎斑花纹。它外貌粗野滑稽，动作迟缓，非常能吃，完全不是优雅的性格。因此，家里没有人格外喜欢它。小的时候，它存在的意义是当个小丑，做我们全家宠儿的三毛的玩伴。后来，三毛和小玉都老了，无法再表演那种活泼的游戏，小玉就完全变成了冗员，毫无用处。当然，它并没有对这种待遇表现出任何不满，甚至有种空空寂寂、乐享天命的感觉。

唯一让人烦恼的是，如僧侣般的小玉也有思春的时候。发情时，它会随地撒尿，弄脏拉门或器具。因为它制造了太多的麻烦，所以家人提议把它逐出家门。我去问兽医，有没有其他办法让它改掉这个坏毛病，兽医说只要绝育就好了。即便是只猫，如此残酷的事情还是让我觉得不快，但是，迫于逐出家门的众议，最终只能给它做了手术。

手术后，小玉明显变得老实、文雅，却也变得没有存在感了。不久后的一天，我发现它倒在走廊上，奄奄一息，喂了水和木天蓼[1]，才暂时恢复过来。但是，没过两三天，一天早上，孩子在院子里的草地上发现了身体已经变冷许久的小玉。那天我感冒发烧，卧病在床，也没特意去看它的尸体，就让孩子直接埋在了后面的桃树下。虽然没有亲眼看到，但是我在自己想象的画布上，以耀眼的强烈色彩描绘了一只金黄色的猫：它安然地伸展四肢，躺在美丽的青草地上。在我的记忆里，那幅想象的画作比那些实际看到的更具有现实感。

三毛是一只母猫，很多方面与小玉截然相反。它有着美丽的外貌和毛皮，人见人夸。它举止灵活敏捷，端庄典雅，但同时又有些神经质，特别挑剔。当然，大家都很宠它，所有给猫吃的美食，其实都是专门为三毛准备的。有时候特意准备了鱼肉，但只要稍微有一点不新鲜，它就只是嗅一下，碰也不碰。这样剩下来的东西，统统进了胃口好的小玉的肚子。

七年时间里，三毛生了三十来只小猫。生完最后一胎，它开始明显地脱毛，而且渐渐食欲不振，无精打采。带它去看医生，医生说三毛胸腔积水，无法治疗了。听了医生的宣判，大家都很悲伤。那一阵，三毛整天端坐着，一动不动。有人叫它，它

1　最常见的一种"猫草"，猫咪嗅到或尝到会立刻呈现兴奋状态。

才眨眨眼睛看看叫它的人。它想像往常一样叫一声表示回应，却没有发出声音。

临终前夕，妻子走到三毛跟前叫它，尽管它看上去很想努力稍微爬近一点，但是它的头已经摇摇晃晃的了。那种死期将至的气息跟人其实非常相似。

三毛死后，我选了一个最漂亮的巧克力盒子，把它的遗骸放进去，埋在院子里的枫树下，然后在上面放了一块象征性的墓碑。

小玉死的时候，我正生着病，身体虚弱。可能是这个缘故，总觉得有些伤感。小玉活着的时候无人疼爱，死了也没有人惋惜，真可怜。但是，三毛的死大家都觉得可惜，意识到这一点，好像让我内心的负担稍微减轻了一些。三毛死后过了几天，一个早晨，在离开研究所前往深川的电车上，我突然想到三毛，然后随口编了一首童谣："三毛墓上花飘落，纷纷扬扬花散落，绿草坪上鸟影过，小鸟可在你梦中？"后来我又创作了三首类似的童谣，随意地谱了曲，还配了伴奏。之所以我能享受这种孩童般的甜蜜感伤，大概是因为对象是猫吧。

大概过了一个月，我去了盐原，在当地的旅馆走廊上看到一只猫，它和死去的三毛长得一模一样，我大吃一惊。渐渐地，我看这只猫看习惯了，于是记忆中三毛的形象起了变化，被眼前这只活着的猫所吸收、同化。这是一个不可思议的心理过程，我觉得很有趣。我们能够享受今日,而不被过去记忆的重担压垮,不仅仅是因为我们会忘记,还有一半可能是得益于与这种心理过程相同的作用。

后来,妻子在家附近捡来一只被遗弃的小猫。那是一只母猫,身上大部分都是黑色的,中间夹杂些许白毛。额头到鼻子对称的白斑,让它的外貌有了一种魅力。又长又软的尾巴是它的另一个特点。等个头长大不少之后,却还是会被路过的人抓住,与其说是落落大方,不如说它有点愚钝了呢。但是,它居然会自己打开拉门进出,这项技能是以往我家的任何一只猫都不会的。另外,它还有一项特技是用尾巴作支柱,用后腿长时间站立。这个"小不点儿"在第一次生产时脆弱地死去了。在那之后,我去仙台拜访K君,在那里看到一只小猫跟它一模一样,再次惊讶不已。

现在家里养的,是从亲戚那里收养来的一只小母猫,是三毛的"孙女"。不仅仅是外貌上,它的性格各方面也明显地体现出祖母的隔代遗传,这一点常常令我惊讶。

我已经三番五次写过有关猫的事了,以后可能还会继续写。我觉得写猫给了我无与伦比的慰藉。这件事是一个安全阀,也是我的精神食粮。

我常常想到 miserable misanthrope(可怜的厌世者)这个说法。我们都希望去爱人类,却被浅薄的"自我"阻挡着,无法去爱，因而痛苦不堪，只有在面对小动物的时候，才能倾注纯粹的爱，这毕竟是我们自私的一种表现吧。我不想像爱猫一样爱人类。而且，这是不可能的，除非我是比人类更高级的存在。但是从这个意义上来说，想要让不幸、软弱的人体会哪怕一点点做"神"的感觉，爱小动物也许是唯一的手段。

舞蹈

　　死去的小玉有一个不可思议的习性。我去浴室洗澡时，它经常会一起跟着。见我脱光了，它就爬到我扔在旁边的衣服上，两条前腿交替着抬起，在那里踏步，还会用爪子抓挠衣服，或者做出揉搓一样的动作。然后，它会目不转睛地盯着一丝不挂的主人，喉咙咕噜咕噜地响，竖起短小的尾巴摇摆着。

　　我怎么也想不明白，这个不可思议的举动有什么意思。我甚至想不到任何 working hypothesis[1]。小玉的这个举动在我心中引起了一种神秘的感觉，让我幻想出了远古时代猫的祖先在原始森林里彷徨之际，与原始人交涉的某个场景。我有时也会幻想，眼前这只猫的举动，会不会是赤身裸体的亚当驯养的太古野猫，在某个场合下的举动的遥远回响。

　　我甚至荒唐地幻想，猫用前腿踏步来表达如同人类的喜悦

1　工作假说，即猜测因素比较大而事实基础不充足的假设。——译者注

情感，是不是跟食肉动物的祖先发现并撕扯猎物的动作有关。另一方面，又让我联想到原始的食人族屠杀敌人后，在尸体前面精神振奋的怪诞景象。幻想的翅膀进一步驱动我，将我引入妄想。借着猫咪踏步这道启示之光，似乎可以解释人类共通的舞蹈本能的起源。

捧着婴儿的身体并提起来，婴儿会将自己下垂的脚心向内合起来。有学者说这是遗传了人类的祖先猿猴用手吊在树枝上时，把脚按在树干上的习性。所以，思考猫咪踏步的动作与文明人类的舞蹈之间的关系，其作为一种假想，也应当得到允许吧。

昭和二年（1927）九月，《思想》

海啸与人类

　　昭和八年（一九三三年）三月三日晨，日本东北地区太平洋沿岸遭遇海啸来袭。海啸荡平了沿岸的小城市、村落，夺走了无数人的生命和巨额的财物。明治二十九年（一八九六年）六月十五日，同一地区就曾发生过"三陆大海啸"[1]。同样的自然现象，在时隔三十七年后的今天又重演了一次。

　　同样的现象，仅仅是有历史记载的，过去就已经重复发生了无数次。没有历史记载的，恐怕比这更多。根据当今的地震学研究来推断，同样的事未来仍会反复发生。

　　既然这种自然现象反复出现，那么当地居民本可以在很久以前就想到有效的对策，防患于未然。尤其是这次灾难发生之后，想必每个人都会这样想。然而实际情况却并非如此，这似乎是人类世界的一种自然现象。

　　站在学者的立场上，通常有人会这样说："此地每隔数年或数十年就会发生海啸，这是既定的

---

[1] 发生于日本宫城县三陆地区的特大灾害。由于震感微弱，很多人没有放在心上。虽然没有发生直接的地震，但海啸遇难者却超过两万人。

事实。然而人们却没有为此做任何防备，甚至连强烈地震后可能发生海啸这样的常识都不具备，真是太马虎了。"

但是，受灾的一方也有话说："既然你们知道得这么清楚，为什么不能赶在海啸袭来之前向我们发出警告？即使不能准确地预报时间，可是就不能在发现危险即将来临时，稍微提前一点告诉我们吗？迄今为止一声不吭，灾难发生之后突然说那种话，太过分了。"

然后学者会说："早在十年、二十年前，我们就提出警告了，你们自己不重视，是你们不对。"接着灾民又会说："世事艰难，二十年前的事，谁能记得？"真是公说公有理，婆说婆有理。归根结底，这就是人类世界的一种"现象"。

灾难一发生，政府各方面的官员、各大报社记者、各方学者都立刻奔赴现场，进行详细的调查。然后，他们会研究出周到的海啸灾害预防方案发表出来，鼓励人们执行。

现在，假设再过三十七年，到那个时候，参与此次海啸调查的官员、学者和报社记者大抵成了故人，或者已经引退。此次海啸发生时正值壮年的当地人也是如此。而那些在灾害发生时还不懂事的人，将成为三十七年后当地的中坚力量。三十七年听上去并不是很长，但是如果换算成天数，就有一万三千五百零五天。在这期间，朝日夕阳会分别照射接近平均水位线的平静的海岸一万三千五百零五次。即使在吃过海啸的苦头之后把家都搬到高处，过上五年、十年、十五年、二十年，人口还是会在不知不觉间向低处迁移。而注定的一万几千天结束的日子在悄悄靠近。就跟被炮声吓飞的黑尾鸥不知何时又靠拢过来一样，两者并没有本质上的区别。

如果说每隔两年、三年或者五年，肯定会有十几米高的巨浪袭来，那么海啸也就不能算是灾变了。

假设有一个国家，从来不知道风雪为何物，常年气温不低于二十五摄氏度。然后大概一百年里会下一场暴风雪，那么对那个国家来说，这就是非常大的天灾了，其灾害严重程度恐怕不亚于我国的海啸。因为在没有风的国家，房屋恐怕都不会太结实，稍微刮一阵风就能吹走。没有越冬准备的国家的人们，一旦下雪就会冻僵。其实不必考虑这么极端的情况。如果台风每隔三十年、五十年才来一次，也就是隔上和日本房屋寿命差不多的年数，结果也许是一样的。

夜晚每隔二十四小时就会到来，所以人们已经习惯了。如果说大约五十年才有一次黑夜，而且是不定期地突然而至，那时候会发生什么呢？恐怕会发生无法名状的混乱吧，也难保不会造成生命财产的巨大损失。

既然个人是如此不可靠，那么能不能通过政府的法令，设立永久性的对策呢？然而，即使国家可以持续存在，政府的官员在百年之后还是会更新换代。官员换届时，法令有时也会改变。特别是当那些法令给平安无事的一万几千日生活带来巨大不便的时候，特别是在一个由政党内阁管理的社会里，尤其如此。

也许会有人建议，竖起一座灾害纪念碑，从而留下永久性的警告。但是，尽管这种纪念碑一开始会建在很醒目的位置，可等到修路或者整顿市区的时候，难保不会把它移来移去，最后埋没在某座山背后的竹林里。到那个时候，即便有几个老人搬出陈年旧事来大声疾呼，那些"市议会议员"大概也只会充耳不闻。等到碑石被猪殃殃埋住时，下一场海啸卷土重来的时机想必也成熟了。

以前的日本人似乎很少有不为子孙后代打算的。也许是因为在那个社会里，为子孙后代打算是件光荣的事。那样的话，立一座碑来警示海啸，想必会有些效果，但是今后的日本将会如何，令人担忧。当今社会，甚至有不少人，恨不得把两千年来传承的日本人精神也敲碎了给外国人喂狗。至于上一代人留下的话，大概不会有人想要提起。

然而，"自然"却忠于过去的习惯。地震和海啸才不管你流行什么新思想，它会顽固、保守、充满执念地到来。公元前二十世纪发生过的现象，公元二十世纪仍然会发生。科学规律无非是"对自然记忆的记录"。没有什么事物比自然更加忠于传统。

东京依仗着"二十世纪文明"这一虚名，对安政年间的历史经验[1]不屑一顾,结果在大正十二年(一九二三年)的地震中,被大火夷为平地。

要防范这样的灾害,只要把人的寿命延长至十倍、百倍,或者使地震、海啸的周期缩短到十分之一、百分之一。这样一来,灾害就不再是灾害,而会变得风调雨顺、国泰民安吧。这当然是天方夜谭,那么唯一的办法,就只能是更努力一些,不要忘记过去的记录。

科学就是在过去传统的基础上,精心、不遗余力地积累一个时代又一个时代的经验,才发展到今天这个地步。正因如此,无论是台风吹,还是地震摇,科学的殿堂都岿然不动。新哲学则不然,它无视两千年的历史所代表的经验基础,犹如一座临时搭建的小屋,用的材料都是东拼西凑来的,水土不服,如果不仔细甄别,就会非常危险。然而有人稀里糊涂地对其深信不疑,要舍弃脚下安全的东西。同样的心理,准确无误地招致了地震、海啸等灾害,甚至可以说,是把地震、海啸变成灾害的原动力。

有海啸之虞的不仅是三陆沿岸[2],像宽永、安政年间[3]那样,

1　指 1855 年发生的安政大地震。——译者注
2　指日本东北地区的太平洋沿岸,从青森县东南边起,经岩手县沿岸至宫城县石卷市,总长 600 多千米。
3　宽永年间指 1624—1644 年,安政年间指 1854—1860 年。

袭击太平洋沿岸各地的大型海啸，想必有朝一日还会重来。到那时，日本又将面临"紧要关头"，因为大规模的地震活动，许多大城市会一个又一个相继倒下。我们无法知道灾难什么时候发生，只知道它一定会发生。从现在开始做好准备，是压倒一切的重中之重。

因此，这次的三陆海啸，对日本全国人民来说，绝非与己无关。

然而事实是，即使少数学者和像我这样爱操心的人大声疾呼，大众和政府当局也并不会重视。这似乎是人类世界的自然规律。自然规律是人力无法改变的。在这一点上，人类和昆虫的境界完全一样。我们也和昆虫一样，不考虑明天，只顾每日享乐，一旦灾难降临，就干脆地放弃。还可能出现一种破罐哲学，灭亡还是复兴，全交给偶然的命运。

但是，昆虫恐怕不具备关于明天的知识，人类的科学却能给予人类未来的知识。在这一点上，人类和昆虫确实不同。因此，如果能大幅提高日本国民关于这些灾害的科学知识水平，到那个时候，才有可能预防天灾。要提高知识水平，首要的是通过基础教育，教授更加深入的地震、海啸知识。也许有人会说，在英、德、法等科技发达的国家，基础教育的教材中并没有这些内容。但这是因为那些国家极少发生大地震、大海啸。不能因为热带的居民赤身裸体，就让寒冷地区的人照做。所以，像日本这样世界著名的地震多发国家，在小学至少安排每年一次一到两课时关于地震海啸的特设课程，我认为并不奇怪。预防地震海啸，可以说是具体表现学校所教的"爱国"精神最浅近、最有效的方法之一。

去三陆灾区考察回来的人告诉我，某地建有明治二十九年（一八九六年）的灾害纪念碑，如今已折为两段，倒在那里，碑文已经难以辨认。另一个地方也曾在山腰道路的旁边、行人最容易看到的地方建过同样的碑，但是后来另外新修了一条路，纪念碑所在的旧路变得人迹罕至。还有一件事令我很意外，从地震发生到海啸到来，通常还有几十分钟时间，而这个普通的科学常识，当地很少人知道。即使是经历过上一次海啸的人，也大都不知道这一点。

昭和八年（1933）五月，《铁塔》

科学家与头脑

一天，一位相熟的老科学家跟我讲了下面一席话。

"只有头脑聪明的人才能当科学家。"这是普通世人口中经常提到的一个命题。在某种意义上，这个命题是真的。但另一方面，"只有头脑愚笨的人才能当科学家"，这个命题在某种意义上也是真的。可是，很少有人提出后面这一命题并加以解释。

这两个命题乍看完全相反，实际上体现了同一事物相互对立而共存的两个侧面。之所以产生这种表面上的悖论，实际上是源于对"头脑"一词的定义暧昧不明所导致的。

为了不错失逻辑链条的任何一环，看清混乱中部分和整体的关系，必须有清晰缜密的头脑。站在充满错综复杂的可能性的岔路口，必须具备参透前路的内察和直觉，才能避免误入歧路。从这个意义上讲，科学家必须有聪明的"头脑"。

但是，从普通人习以为常的，甚至连头脑愚笨的人都明白的稀松平常的事物中，去发现不可理解的疑点，然后苦心钻研、努力阐释，这不单单是对科学教育者，对于任何从事科研工作的人来说，都是更加重要且必需的能力。在这一点上，科学家必须比一般的愚笨之人更加愚钝、笨拙。

所谓聪明的人，就像走得快的旅人。虽然他们可以比别人更早到达那些前人未至的地方，但恐怕会忽略途中路边或岔路上重要的风景。愚笨的人走得慢，很晚才赶上来，有时却能轻而易举地捡到重要的宝藏。

我有一个担心。聪明的人来到富士山脚下，只是望着山顶，会不会就感觉似乎领略了富士山的全貌，随即返回东京？但实际上，只有那些真正爬过富士山的人才了解富士山。

聪明的人看得远，因此能够预见所有道路前方的难关。至少我这样觉得。所以，他们很容易就会失去前进的勇气。相反，愚笨的人会觉得前路被一层迷雾挡着，看不清楚，反而很乐观，就算遇到难关，他们也会想办法渡过。毕竟世上很少有无论如何都跨越不了的难关。

因此，钻研学问的学生不该贸然去请教聪明的老师。因为聪明的老师会把前路的重重难关一一列举出来，然后学生本来满心的期望就被宣告无望了。但如果不追究细枝末节，直接着手去做，则可以轻松地处理老师指出的那些难点，而且还可能会遇到老师未曾指出的意料之外的困难。

聪明的人，容易过于相信自己的聪明。结果，当大自然向人们展示的现象跟聪明的人脑中想的不一致时，聪明的人可能会认为是大自然出错了。即便没有到这样的程度，一般情况下，聪明的人还是都有这样的倾向。如此一来，自然科学就变得不是大自然的科学了。而另一方面，当出现的结果跟自己所想的一致时，聪明的人可能会忘记一项重要的工作，那就是考虑另一种可能：这会不会只是偶然的结果，实际上另有其发生的原因，而且跟自己想的并不一样。

有些事情，聪明人只要想想就知道肯定行不通。但是愚笨之人却会继续努力尝试，等到他们终于明白行不通的时候，往往还会找到其他行得通的线索。很多时候，从一开始就不去尝试本就行不通的方法的人，永远都没有机会接触到这些线索。因为大自然会从那些站在书桌前，喜欢抱着双手、纸上谈兵的人那里逃出来，只向赤裸着跳入大自然中的人打开那扇神秘的大门。

聪明人不会谈恋爱，因为恋爱是盲目的。但是科学家必须把大自然作为自己的恋人。大自然也只会向自己的恋人打开真心。

科学的历史，在某种意义上是错觉和失策的历史，是伟大的迂愚者头脑愚笨、效率低下的工作形成的历史。

聪明的人，是批判的巨人，行动上的矮子。因为一切行动都伴随着危险。害怕受伤的人当不了木匠。害怕失败的人也当不了科学家。科学是在头脑愚笨、不惜性命的残骸堆砌的山上建造的殿堂，是血川河畔绽放的花园。在自身的利害得失面前，聪明人很难成为战士。

聪明的人容易看到他人工作上的不足，从而陷入一种错觉，认为他人所为都是愚蠢的，自己比任何人都聪明。这样的话，聪明人自然就会疏于上进，最终止步不前。相反，愚笨的人却经常觉得他人的工作很厉害，同时感觉这些伟大的工作自己也可以做，不知不觉就激发出上进心。

有些聪明人，能看到别人工作的不足，却看不到自己工作的不足。这样的人在贬低他人工作的同时，自己也会做一些事，来为学界稍微做点贡献。但是，还有的人更聪明些，能看到自己工作的不足。这样的人无止无休地做研究，最终也没有总结出什么研究成果。从实证角度来看，等同于什么都没有做。这样的人，什么道理都懂，只是忘记了"人类是会犯错的动物"这个事实。相反，有的人愚笨到不能判断大小方圆，而正因如此，他们更能做大胆的实验，勇于发表大胆的理论，总能在无数错误中发现真知灼见，为学界做出贡献，甚至误打误撞而声名大噪。可是，在科学的世界里，所有错误都会如泡沫般消失，只有真理才能永存。因此，相较于那些什么都不做的人，有所行动的人才是真正地在为科学世界做贡献。

很多时候，聪明的学者即便想到一些科研方向，也会以结果为导向，衡量其研究价值。如果发现事倍功半，那么他们就会选择放弃。但是，愚笨的学者不会考虑那么多，因此即便是别人认为无聊的课题，他们也不顾旁人的看法，专注去推进，从而取得一开始没有想到的重大成果。有时候，聪明的人也会高估人类的脑力，忘记了天然的无限可能。在科研成果的价值体现出来以前，谁都无法预估。而且很多时候，成果刚出炉时大家还不认可的科研价值，到了几十年、几百年后就会获得认可。

头脑聪明，而且自认为很聪明的人，也许能成为老师，但是成不了科学家。只有认识到人类脑力的局限，在大自然面前赤裸裸地呈现自己的愚蠢，放开身心，直接去倾听大自然教诲的人，才能成为科学家。当然，只有这些条件还不足以成为科学家。想当科学家，还需要准确周密的观察、分析和推理能力，这些都是不言而喻的。

总而言之，当科学家，不能太聪明，也不能不聪明。

对这一点认识不足，也会阻碍科学的正常进步。这需要科学工作者具备慎重的省察力。

最后我还想说一点。那些聪明，尤其是年轻气盛的科学家，即便正式成为一名科学家，有时也会陷入一个误区，认为科学就是人类的全部智慧。科学，是孔子所谓的"格物"之学，它只是"致知"的一部分。然而，现代科学的领域与《奥义书》[1]、

---

[1] 指古印度哲学书。——译者注

老子、苏格拉底的世界之间还没有形成任何通路，对芭蕉、广重[1]的世界也无从下手。像这样还存在其他的世界，这也是人类的事实。我说的不是大道理。无视这一事实，认为科学就是全部学问的错误思想，即便没有妨碍你成为一名科学家，也会对你成为一个有智识的人产生很大的阻碍。这一点看似简单明了，但是常常被人们忘记，我认为铭记这一点很重要。

听完老科学家这些莫名其妙的话而感到不快的人，大概是令人羡慕的绝顶聪明的学者；读后会心一笑的人，大概是令人羡慕的头脑愚笨但优秀的科学家；而那些读完以后没有任何思考的人，恐怕是跟科学世界无缘的科学教育者或科学商人吧。

昭和八年（1933）十月，《铁塔》

---

[1] 芭蕉指松尾芭蕉，日本江户时期的俳句诗人；广重指歌川广重，日本江户时期的浮世绘大师。——译者注

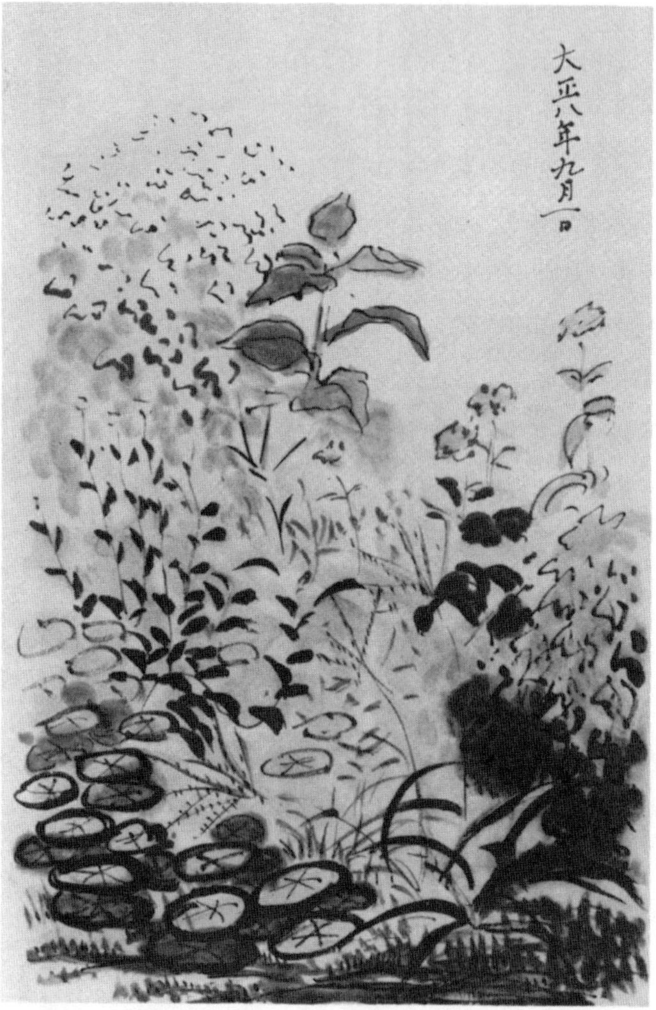
大正八年九月一日

卷二 生活与哲思

不记得到底是几年前了,但是日期我记得。那是岁末将至的二十六日晚上,妻子带着女仆出门去看下谷摩利支天[1]的庙会。她十点多回来,从袖子里掏出给我带的金锷饼[2]和炒栗子,轻轻放到我读书写字的书桌一角,然后就去了趟厕所。然而出来时她脸色苍白,在桌边坐下,就突然咳嗽起来,口吐鲜血。吃惊的不仅是她本人,她后来告诉我,当时她看到我的脸上变得毫无血色,越发感到不安。

翌日,女仆取药回来后,突然要告假,说什么这一带很乱,出门办点事,总有人搞恶作剧,觉得太可怕了,不能再做下去了。我和她说:"但是我家里现在有病人,你说走就走,我可怎么办呀?至少坚持到有人替你吧。"我虽是一介书生,不过毕竟是一家之主,几乎是哭着求她,她才放下请假的念头。但是到了第二天,她又以老家父母病重为由,还是走了。刚好车夫家的老太太上门要账,我便托她从中介那里带个人来,什么样

---

[1] 日本东京德大寺的别称。——译者注
[2] 一种传统日式点心,通常为方形,用豆馅包入面粉皮烤制而成。——译者注

的都行。这个人就是美代。幸运的是,美代性格温和,人也老实,虽然有点糊涂的地方,比如她相信狸子会变化成人形,但是她照顾病人非常尽心,受了责备也不生气。她偶尔也会犯错,比如在房间正中央失手打翻水盆,造成一场"洪水",或者用炉子时不小心,把被子和榻榻米烧出直径一尺的窟窿。尽管如此,我对美代的感谢之情,至今都没有削减半分。

病人的状况未见起色,时间却不等人。年末到了,需要做迎接新年的准备,但是该买些什么,买来之后怎么办,我也不知道。不过美代还是听从病人的指挥,然后加入自己的意见,整天都忙个不停。除夕之夜,十二点多,她看到拉门太破了,就蒙上大衣的兜帽,拎着盘子去森川町买五厘钱的糨糊。这天晚上,直到三点多钟,美代还在做魔芋结。

喜迎新年,一连几天都很暖和。病人也一点点在恢复。无风的日子,妻子来到走廊的向阳处,叠几只纸鹤,或者给珍藏的人偶缝衣服。阴冷的日子,她就在床上弹弹《黑发》[1]。有时候,她会说一些丧气话,令我和美代很为难。妻子当时已怀有身孕,这年五月就要迎来我们的第一个孩子。头胎是女人的大难。而且她正值十九岁,号称凶年。美代过年回家不在的夜晚,我坐在桌前,听着寒风声中混杂旁边房间里寂寥的呼吸声,盯着灯

---

[1] 日本三弦曲名。——译者注

盏，不禁长叹。妻子对医生安慰她的话深信不疑，以为只是暂时的气管出血，也许是因为不愿相信有其他可能吧。尽管如此，她还是隐隐地感到不安，有时会问："就算真的是肺病，也未必就是绝症吧。"有时她又喋喋不休地追问："你在瞒着我，肯定是这样的，对不对？"然后观察我的表情，想要从中看出端倪。她的眼神里透着担忧，又像是在祈祷一般，令人目不忍视。我只好故作生气地说："说什么傻话，都跟你说没有了。"以打消她的疑虑。这样她似乎也暂时满意了。

妻子的病逐渐好转。二月初的时候，她已经可以洗澡，也能梳扎头发了。车夫家的老太太早早地下了定论："听说夫人已经完全康复了。"说着，从怀里掏出账单，对着我："您受累了，祝早日康复。"我去问医生，医生既不说好，也不说坏，只是说："毕竟她处在孕期，这个五月要多加注意啊。"这话叫人听了，心里没底。

不管怎样，病还是一天天好转了。二月十几日，风和日暖，我和妻子说，已经问过医生了，可以带她去植物园。妻子非常高兴。正准备出门，刚到院子里，妻子说头发太乱了，让我等她梳一下。我两手揣在怀里，坐在边上，环视冷冷清清的小庭院。去年的枯菊无人照料，凄凉地在那里逐渐腐朽，上面挂着几片印花碎纸，明明没有风，却在那里瑟瑟发抖。水盆对面的梅枝上，有两朵盛开的梅花。走上去仔细一看，原来是粘上去的假花。这多半是病人的恶作剧。隔着茶室拉门上的玻璃往屋里看,妻子正坐在梳妆台前,握着梳拢的头发,垂在下面,用梳子梳着。我以为她只是稍微梳一下,却见她准备重新盘起来。我就催说,别盘了,能不能快点儿。然后,我也回到房里,躺下身子开始看早上看过的报纸。我又一次大声催促说能不能快点儿。妻子说:"你越催,我就越盘不好。"于是我默默地绕过厨房,出门去等。来往的行人走过时都盯着我看,怪不自在的,无奈只好迈开步子。等我溜达出去五十多米远,回头看看,妻子还不出来,只好又折返回去,绕过厨房到走廊这边来看,只见妻子哭倒在地,美代正在安慰她。她说:"太过分了,你自己想去哪儿就去哪儿吧。"美代哄了半天,这才出门。那天天气实在好。我说:"这样的天气,人的心几乎都要蒸发了,化作云霞。"妻子在我身后将近两米远的地方跟着,拖着竹皮屐,仿佛觉得很麻烦似的。她漫不经心地应了一声,勉强挤出了一点儿笑容。这时我才注意到,妻子的肚子比一般人大得多,走路的姿势也很奇怪。尽管如此,她还是若无其事地跟着来了。我心里想着,要是我跟美代两个人一起陪她来就好了,默默地加快了脚步。进了植物园的门,登上笔直宽广的斜坡,然后左转。和煦的阳光洒满整个园子,地面上没有花朵,也没有绿色,好像还在沉睡似的。温室外的白漆白得耀眼,前面有两三个人,手揣在兜里,正透过窗户往里面看。喷泉也没有冒水。睡莲还在冰冷的泥土底下，等待盛夏的云影出现。温室里传出一阵咔嗒咔嗒的木屐声，四五个乡下老婆婆从里面走出来，一张张脸就好像被狐狸迷住了似的。我们和她们擦肩而过，进到温室里面。一股充满活力、潮湿的热带空气从鼻孔直袭大脑。那里有椰子树、琉球的芭蕉等。我常常想，这些树要是再长高一点，该拿这屋顶怎么办呢？今天我又想到了这个问题。我想起有人说过，住在夏威夷的人不会得肺病。妻子在玩弄草的叶子，那叶子是浓绿色的，上面带着红色的斑点。我说："喂，别碰，可能有毒。"妻子慌忙放手，带着厌恶的表情盯着手指，然后闻了一下。左右两侧的回廊里，到处开着红色的花，从那里也能看到到处都是悠闲的人。妻子说感觉有些不舒服。我看她脸色倒没坏到哪里去。大概是因为突然到了暖和的地方吧。我说："那你先去外面，我再看一会儿。"妻子犹豫了一下，还是听我的话，出去了。我本来打算看完那些红色的花就出去，结果被夹在人群中间，一时半会儿没出去。等到终于出去了，妻子却不见了。我环顾四周，寻找她的踪影，这才看到远处凉亭里的长凳上，妻子无力地坐在那儿，正看着我笑呢。

　　园子里依然很安静。阳光仿佛有一种人们看不见的力量，抑制着地面上的一切活动。妻子说她觉得好多了。我就说："那我们往回走吧。"她略带吃惊地盯着我的脸，说难得来一趟，到水池那边看看吧。我说也好，就朝那边走去。

我们从崖壁上下来时，迎面遇到两三个大学生要从下面上来。他们一边走，一边用尖锐的声音谈论亚里士多德。池中小岛上的凉亭里，有一个三十来岁、戴着眼镜、风度翩翩的妇人，正看着穿海军服的男孩和小女孩在那里玩。海军服男孩捡来石子，在冰面上滑动，发出令人愉快的声音。长凳上摊着一张皱皱的纸，纸上放着一大块蜂蜜蛋糕。"真想要个那样的女孩儿啊。"妻子说。她平时并不会说出这样的话。

我们沿着崖壁下方朝出口的方向走，并没有什么可看的。妻子突然在我身后大叫起来："哎呀，橡子！"说着就跑到路边的落叶那里。原来，夹杂在一片落叶中的无数个橡子，散落在冻崖之下的泥土里。妻子蹲在那里，满怀热情地捡了起来。不一会儿，她左手心里就放满了橡子。我也捡起一两个，扔到对面厕所的房顶上，它们就哗啦啦地滚落到另一侧去了。妻子从腰间掏出手帕铺在膝盖上，捡个不停。我说："差不多就行了吧，傻不傻。"见她没有要停下来的意思，我就进了厕所。出来一看，她还在捡。我问她："捡那么多干什么？"她笑着说："就是捡着玩啊，多有意思。"手帕里已经捡满了，她把它包好，小心翼翼地系起来。我以为这就算完事儿了，结果她说："把你的手帕也借给我吧。"最后，她在我的手帕里也包满了橡子，才心满意足地说："好了好了，我们回家吧。"

曾经因为捡橡子而感到开心的妻子，如今已经不在人世。

坟墓的土壤上，苔花已开过几度。山中还是会掉落橡子，落叶在鹎鸟的鸣叫声中飘下。今年二月，我带着妻子留下的、现已六岁的孩子来这座植物园玩，让他像过去一样捡橡子。不知道是不是这样的小事也会遗传，孩子玩得很开心。每捡五六个，他就会气喘吁吁地跑到我身旁，扔进摊在我帽子上的手帕里。看着收获越来越多，他就会露出开心的表情，脸红通通的，仿佛要融化一般。他母亲的面容有时会从这张天真无邪的脸上一闪而过，唤醒已经开始变得稀薄的往昔记忆。"爸爸，好大的橡子，这个，这个，这个，这个，每一个都好大啊。"孩子用沾满了泥土的小小的指尖，一个一个地戳着帽子里累累的橡子。"大橡子，小橡子，都是聪明的乖橡子。"他唱着自己瞎编的

歌谣，蹦蹦跳跳地又去捡了起来。我出神地看着他那纯真的侧脸，心里想，亡妻所有的缺点和优点，喜欢橡子也好，会折纸鹤也好，统统都遗传下来也没有关系。我只希望，这个孩子不要重复他母亲那从始至终都很悲惨的命运。

明治三十八年（1905）四月，《杜鹃》

咖啡哲学绪论

八九岁的时候，我遵从医嘱第一次喝牛奶。当时，牛奶还不属于普罗大众的嗜好品，也不是常用营养品，而主要是体弱多病之人使用的药品。那个时候，很多人觉得牛奶或者汤都很难闻，难以下咽，一喝就会上吐下泻。但是，当时也有许多摩登时髦的人，比如我当时所在的番町小学，同级学生里有一个小公子，他的午饭经常就是面包配黄油。我当时还不知道那种东西叫黄油，就在旁边睁着好奇的眼睛，看着他拿象牙做的掏耳勺一样的东西，从一个漂亮的雕花玻璃小壶里舀出黄蜡一样的奇怪东西，就这样抹到面包上吃。另一方面，也有东京的小孩吃起酱油煮蝗虫来津津有味的，这在另一种意义上同样令我瞠目结舌——在我们乡下，蝗虫可不是人吃的东西。

我第一次喝牛奶的时候，确实像是在喝一种难喝的"药"一样。为了让它好喝一点，医生总不会忘记在牛奶里加少量咖啡。把一小撮磨成粉的咖啡装进漂布小袋，放到热牛奶里浸着，就像浸泡汉方感冒药一样萃取。有生以来第一次尝到的咖啡香味，一下子就令我这个乡下长大的少年陶醉了。在一个憧憬异国情调的孩子心中，这股南洋、西洋的香气，仿佛是从未知的乐土远渡重洋而来的一股暖风。之后不久，我搬回了乡下老家，每天必喝一合牛奶，但似乎再也没尝到过在东京尝到的那种咖啡香。那时候，人们爱吃咖啡糖。那是在方糖内封入一小撮粉末的糖，但它往往已经变成了与咖啡截然不同的物质，带着药味和霉味。

高中时，平常我都会喝牛奶，不喝咖啡这样的奢侈品。我有一罐砂糖，是准备放在牛奶里的。我经常用牙刷柄从罐中蘸取，当作点心直接舔着吃。好像每到考试前，糖的消耗量就特别多。岁月流逝，直到三十二岁那年春天去德国留学，我都几乎跟咖啡没有任何交集。

我在柏林时住在盖斯贝格街，靠近诺伦多尔夫路口。年迈的房东是陆军将官的遗孀。她虽然不苟言笑，提供的咖啡却相当不错。每天早上，我都会穿着睡衣坐在二楼窗前，一边眺望高耸的圆塔，一边喝着女仆赫尔米娜端来的热咖啡，咬着香喷喷的德式面包。众所周知，

柏林的咖啡和面包相当美味。吃完早餐，我就坐电车前往菩提树大街[1]附近，聆听九点、十点或者十一点开始的大学课程。上午的课程结束后，就在附近吃午饭。因为早饭吃得少，午饭时间晚，而且我们不会像德国人那样在上午吃"零食"，所以午饭会在空腹的状态下吃很多，必然的结果就是沉重的困意袭来。下午的课四点才开始，中间有两三个小时，坐电车回住处的话，路上会浪费大部分时间。因此，一般我会去参观附近的各种美术馆，或者去比旧柏林古街区更偏僻的陋巷闲逛，穿梭于蒂尔加滕的树丛间，在弗里德里希大街或莱比锡街的橱窗前充当"柏林街头漫步客"。如果这样还不够打发时间，我就去咖啡馆或甜品店，坐在大理石砌的餐桌前，一边看报纸，一边小口喝咖啡，舔着淡淡的乡愁。这就是我当时的日常。

柏林的冬天感觉并不太冷，但是阴沉，倦懒，一种不可思议的沉重的睡意像浓雾般笼罩着整座城市。它和无意识的轻微的慢性乡愁混合在一起，变成一种特别的困意，压在我的额头。为了驱赶这种困意，一杯咖啡于我而言就变得非常必要。三四点钟的咖啡馆，没有吸血鬼的粉黛香，安静到偶尔会有老鼠出没。而甜品店里的客人以家庭主妇居多，经常能听到女高音和女低音此起彼伏。

---

[1] 菩提树大街是欧洲著名的林荫大道，柏林市中心的交通枢纽，它将不计其数的重要景观和名胜连接在了一起。

在各国旅行的时候，我也有去咖啡馆的习惯。在斯堪的纳维亚的乡下，经常能在咖啡馆见到坚固厚实的咖啡杯，仿佛无论怎么摔打也不会碎。我还发现了一件有趣的事，杯子边沿的厚度不同，会带来咖啡味觉上的差异。我还了解到，俄语的咖啡"кофе"，发音跟日语类似。以前，圣彼得堡一流咖啡馆的点心奢侈又美味，以此可以衡量这个国家社会阶层的情况。就我所去过的咖啡馆里，伦敦的咖啡大都很难喝。多数时候，我只能忍受喝 ABC 或狮子牌的普通红茶。有些人认为英国人的绅士优雅、博学多识得益于总是喝红茶、吃原汁原味的牛排，而普鲁士人紧张的神经，也可能是美味咖啡的产物。巴黎早餐的咖啡和法棍切片也是众所周知的美味。我想起曾经有一段时间，男侍者斯蒂芬说着"Voilà Monsieur"[1]将食物放在餐桌上。当时享用这样的早餐，是我一天中最大的乐趣。我还记得在马德莱娜附近的一流咖啡馆里喝的咖啡。咖啡液滴凝结，杯子和碟子吸在了一起。当我端起杯子时，把碟子也带了起来，吓我一跳。

我回国后，周日常去银座的风月堂喝咖啡。当时，我不知道还有哪里可以喝到像样的咖啡。有些店里咖啡的味道，如果不仔细分辨，你都不知道喝的是咖啡还是红茶，还有的味道跟

---

[1] 法语，意为"先生，请用餐"。——译者注

年糕小豆汤一样。德国钢琴家 S 和大提琴家 W 这对形影不离的搭档，也常在同一时间来风月堂。两人似乎在这里的一杯咖啡中尝到了柏林乃至莱比锡的梦想。那个时候，店里的侍者身着和服。震灾后，店铺搬到了对面，侍者的衣服换成了燕尾服，与此同时，门槛似乎也变高了，另一方面，S、F、K 等适合我们的咖啡店陆续开张，自然我也就去光顾那边了。

不单单是咖啡，对任何食物，我都称不上"精通"。但是，这些咖啡店的咖啡各具特色，自然我也能够区别。而且，不同的店铺，奶油的香味也差异显著，这些都是很重要的味觉要素，所以我能略知一二。沏咖啡，确实是一门艺术。

但是，我喝咖啡，好像并不是为了喝咖啡而喝咖啡。在自家厨房里千辛万苦沏好一杯咖啡，坐在散乱的起居室书桌边品尝，总觉得少了点什么，喝了就跟没喝一样。哪怕是人造的也好，还是要有一张大理石或乳白色玻璃材质的桌子，上面放着闪闪发光的银器，再放上一株康乃馨；自助餐厅里也要有银器和玻璃餐具，犹如星空一般熠熠生辉，若是夏天，要有电扇在头顶低吟，若是冬天，要有火炉微微发热，好像如果不这样，咖啡就出不来正常的味道。咖啡的味道就好像是由咖啡演奏出来的幻想曲，要演奏好它，还需要适当的伴奏和前奏。银器和水晶玻璃的闪光琶音，确实可以充当这部管弦乐的一部分。

当研究工作陷入僵局、一筹莫展的时候，我就会去喝一杯咖啡。有好几次，嘴唇接触到咖啡杯边缘的瞬间，就感觉脑中灵光闪现，轻而易举地想到了问题的解决办法。

我曾想过这种现象会不会是咖啡上瘾。但如果是上瘾的话，不喝的时候精神显著萎靡，只有在喝的时候才能恢复正常。现在的情况好像还不至于这样。我想，这一定是咖啡发挥了兴奋剂的正当效用。

虽然我知道咖啡是一种兴奋剂，但是我真正体会到这一点，只有一次。我曾因病一年多时间都没喝过咖啡，某个秋日的午后，隔了好久才去银座喝了一杯。然后，我晃晃悠悠走到日比谷，突然感觉日比谷跟往常不太一样。公园的树木和行驶的电车以及往日的一切，都让人觉得更美好、更明快了，过往的人群也让人觉得非常可靠，总之世间的一切似乎都充满了祝福与希望的光辉。当我意识过来时，发现双手的掌心浸满了汗水。如此，我才深切地体会到原来这就是可怕的毒药啊，也认识到人实际上就是被些许药物随意支配的可怜虫。

喜欢体育的人，在观看体育比赛的时候，会进入兴奋状态。热衷宗教信仰的人，应该也体会过类似的精神恍惚状态。我想，也许这是利用了称为某某术的心理疗法。

在禁欲主义者眼中，酒精、咖啡这类东西有百害而无一利。但是，艺术、哲学、宗教给人的肉体和精神带来的作用，实际上跟这些东西的效果类似。甚至在禁欲主义者中，也不乏沉迷禁欲哲学，年纪轻轻就自杀的浪漫诗人或哲学家。有沉迷电影或小说等艺术，放火盗窃的少年，也有醉心西方哲学思想，不惜放弃生命、震惊世人的人。有沉迷类似于宗教的信仰，给家人造成伤害的一家之主，也有大动干戈、死不悔改的人中之王。

我认为，艺术、哲学、宗教，只有在人类实践活动中发挥原动力作用时，才具有现实意义和价值。但是，从这个意义上说，于我而言，大理石桌上的一杯咖啡也许就是我自己的哲学、宗教和艺术。如果它可以帮我提高工作效率的话，至少对我而言，比起不太擅长的艺术、一知半解的哲学以及不冷不热的宗教，一杯咖啡更可靠实用。但如果你非要说这是一种廉价、不体面、贪婪的原动力，我也不予置否。我只是想说，有这样的东西存在，也挺好的。

宗教往往能麻痹人的感觉和理性，让人陶醉，这一点跟酒精类似。咖啡的效果，在某种程度上类似哲学，能使人更敏感，强化人的洞察意识。很多人因酒精或宗教而杀人，但很少有人因为沉迷哲学或咖啡而犯罪。也许这是因为，前者是笃信的、主观的，而后者是怀疑的、客观的。

艺术这道美味料理，有时也能让人沉醉。让人沉醉的成分当然可能是前面讲到的酒精，也可能是尼古丁、阿托品、可卡因、吗啡，等等这些东西。也许可以根据这些成分给艺术进行分类。可卡因艺术、吗啡文学泛滥成灾，令人悲伤。

本想就咖啡随便写写，却不知不觉写成了一篇咖啡哲学绪论。这可能也是方才喝过的一杯咖啡带来的迷醉效果吧。

昭和八年（1933）二月，《经济往来》

解开脚链的象

上野动物园的大象要搬家到花屋敷[1]，因此解开了已经绑了几十年的脚链，隔了好久才得以在笼子里慢腾腾地散步。仅仅是听说此事，我就觉得心情很好，有种如释重负的感觉。

事实如何，我不是很清楚，不过听说这头大象年轻时有一次大发脾气，犯下了暴行。到底是出于怎样的动机，又是何种行为，如今已无从查证，总之，那行为无疑是恶劣的，过激的，脱离了常规。一般的大象都比较温顺，不会做出那种行为。它会有那种行为，证明它已经疯了——就是从这个看似极为合理的理由，人们得出了最终的结论，它疯了。结果，打那以后，它的四条腿分别由一根沉重、冰冷的铁链绑着，就这样度过了不自由的几十年。

锁链勒紧大象的腿，它腿上的皮肤就像贴着草纸的大布袋，被勒的地方形成了丑陋的皱纹，样子非常可怕。大象也许已经习惯了，但是旁观者看了，不由得替它心痛。我常常有一个疑问，晚上睡觉的时候，它的腿要如何安放？会不会就

---

[1] 日本最早的游乐园，位于东京。——译者注

那样站着睡？

聚集在笼子前的看客中，不少人都听说了这头大象精神异常。我也曾听到有人在那里讨论："怪不得它的眼神那么奇怪。"让他们这么一说，我也觉得好像真的是这样。但是，它的眼神跟正常大象的眼神到底有多少差别，我并没有办法确定。

原本在广袤的森林和原野上自由横行的生物，被放进连活动一下身体都不行的窘迫境地，就算是慢性子又长寿的大象，被束缚十年以上，眼神想必也不会好到哪儿去。而且，大象并不知道自己为什么被绑着，即便知道，它也无法用语言为自己辩解。所以它没有好脸色也是理所当然的。

这头在动物园一直被当作疯子对待的大象，如今要到花屋敷去了。花屋敷的职工和大象接触过以后，发现它并没有精神错乱，就是一头普通的、合乎常识的大象。我是在报纸上读到这则新闻的，事实如何，我并不清楚。但是，我觉得这样的事情很可能是事实。如果是事实，那该如何解释呢？是它以前发了疯，后来不知道什么时候恢复了？还是它现在依然疯着，只是进入花屋敷当时没有发作？后者也不是没有可能。但是，还有一种可能，就是原本这头大象一点都没有疯，却被错误地认定为疯病，直到今天这副田地。万一是这种情况，那大象真是太倒霉了。

要就这一问题做出判断，首先，需要有足够的关于动物，特别是关于大象精神病的学识。其次，需要有关于这头大象凶暴行为的准确记录。第三，需要有足够的参考材料，以了解它做出那种行为的动机和原委。

遗憾的是，这些必要条件我一个都不具备。因此，在这个具体的语境中，我连进行合理想象的资格都没有。

但是，作为一种可能的情况，我试着想象如下的虚构事件。

这头大象从一开始就没有疯。它本性纯良，只是一个涉世未深的任性少年。它被带到一个陌生的国度，刚开始和日本人打交道，一时摸不透对方的脾气，还没有学会卑微的妥协，因为它的心性是那么纯良高尚。然而，负责照顾这头大象的人偏偏也是纯良而正直的，面对这个来自异国他乡的动物，他不会对它的感受做过多的揣测，不会去迎合它，因为他的人格是高高在上的。这二者碰到一起，发生冲突可以说是必然的结果。

当感情的矛盾终于爆发时，如果双方都是人，或者双方都是大象，也许这矛盾反而容易解决，问题就在于，一方是人，另一方是大象。一方会说话，而且有很多同伴，另一方却完全不会说话，而且势单力孤。这便是造成巨大不幸的主要原因。

吵架的时候，任何人多少都会表现出一些疯狂的迹象。如果吵架的人到处去讲对方疯了，听的人都不会当真，所以不会造成不良的后果。

然而，在这起假想的事件中，因为大象不听话，人生气了，然后大象也生气了，但是这个人向同伴讲述这件事的始末时，势必会着重叙述大象生气的事实，而忘记说明大象生气的原因。听到这个故事的人自然满脑子都是大象那些令人恐惧的行为，而无暇思考激怒大象的人的行为。即使有人能够想得这么深入，通常也没有时间去替没有任何利害关系的大象考虑。

最终，这头大象疯了的事就在人类的同伴之间传开了，没有任何异议。在这期间，关于大象的狂暴行为会有各种各样的误传，通常会让事情逐渐朝着越来越坏的方向发展。

这些善良的人类闲着没事就观察大象之后的行动。他们希望能够发现大象做出符合他们期待的行为。如果这个希望没有得到满足，他们甚至会积极地创造机会去满足。只有向自己证明它真的疯了，才能够安心。仔细想想，这种心理真不可思议，

但人似乎就是有这样的欲望，想要为自己所相信的事寻求确凿的证据。

这本来没有什么，只是苦了大象。即便生气了也没有办法，被置于这样的境地，成为有色眼镜的焦点，一筹莫展。如果在同一个地方有很多头大象，它们之间可以商量的话，那就好办了。那样的话，大象就可以一致认定是人疯了，只要大象和大象之间和睦相处就行。然而令人悲伤的是，这头大象并没有那样一个属于它的世界。

这种情况下，只有一个方法可以让大象免受疯子的待遇。那就是少数服从多数，即向人类妥协。不幸的是，这头大象过于正直和善良，做不到这一点。结果就成了那样。

这只不过是想象中的一种可能。但是，如果这想象是真的，这次因为意外的机会，与之前不同的一群人把它迎接过去，不把它看作疯子，只当它是一头正常的大象，那对这头大象来说，该是一件多么开心的事啊。只是想象一下，我就感到心情特别舒畅。

事实如何，我一无所知。只是上述情况今后仍有可能发生，所以为了更多善良的大象，也为了那些善良的饲养员，我觉得有必要把这些想法记录下来，以供参考。

大正十三年（1924）一月，《女性改造》

最近我得到一个机会去铁道大臣办公厅研究所参观，这是我第一次详细地了解这座大型研究机构的内部情况。光听名字，感觉像是一个非常严肃的政府机关，我以前会想象里面的人被堆积如山的文件包围着，研究各种事务、手续或规则。事实却恰恰相反，那是一座宏伟的应用科学研究所，里面有许多实验室，实验室里有各个领域的有为学者，从事着各种各样有趣而又有益的研究。

在我看到的各种事物中，比较有趣的一个就是"吃铅虫"。在低精度显微镜下观察，可以看到那是一种铅灰色的昆虫，外形酷似谷象虫。据说，这种虫子能把地下电线的包覆铅管咬出洞来，湿气从洞口侵入，就会导致绝缘变差，造成输电故障。这虫实在棘手，但人又没法和虫子生气，只好进行研究，进而采取防御措施。

我原以为这种虫子的口中会分泌某种特殊的液体，对铅造成腐蚀，然而并非如此。它是真的用"咬"。证据就是，这种虫子排出的粪是"铅粪"。看显微镜下的粪的标本，果然也是铅灰色的。

听这些说明的时候，我感到不可思议的是，如果把铅吃进去又排泄出铅来，那不就像是吃了米,又把米排泄出来一样,对这虫来说有何益处呢?从米中摄取营养成分,而将残余的无用之物化为"与米不同的粪"排出体外,这很好理解。但是这种虫子却令人费解。

《西游记》中的孙悟空因为受了刑罚,只能吃铜、铁之类的东西,但那是神话故事,很少有动物将金属作为主要营养品来摄取。当然,人也需要微量的金属,这是最近才渐渐发现的事实,但是,所需量微乎其微。而这虫吃下的金属是自身体重的好几倍,再将其中的百分之几十排出体外,这样的行为令人不可思议。

问题是,它为什么要吃铅?输电线的包覆铅管里面是什么东西,虫子不可能知道。所以,虫子的目的就在铅本身,这是显而易见的。如果纯粹是一种嗜好,虫子有嗜好这个假说也令人难以接受。那么肯定是出于本能,是对这种虫子来说必要的生理需求使然。

带着这个疑问,我产生了莫名其妙的联想。

我们历经小学、初中、高中一直到大学毕业,如果能够度量在这漫长的时间里学到的知识,想必是很多的。十七八年的时间里,我们啃咬、吞下的知识,最终化为我们自身养分的,又占百分之几呢?要把这个问题想明白,并不容易。但是,不管怎样,我们在学校学过的东西,至少有百分之几十都忘得一干二净了,以至于我们的孩子问我们的时候,我们都不能立即给出明确的答案。那些东西都被排到了意识的圈外,这似乎是不争的事实。

既然都忘得这么干净,那和一开始就不学有什么区别呢?这个疑问和我现在对吃铅虫的疑问,多少有些相似之处。

"不知道"和"忘了"有着根本上的不同。这个道理不言自明。但是,即使二者完全一样,一个人没有忘记的少部分知识,也许恰恰是其最需要的全部。

世上没有功率达到百分之百的机械。输入的能量肯定有一部分会被浪费掉。比如电灯,其最重要的功能是发光,但转化成光的能量只占消耗电能的很小一部分,其余都化为不必要的热量,散失到宇宙中。这是物质世界的原理,并不能用来解释吃铅虫的生理现象,更不能用来解释人类的精神现象。尽管如此,"没有一样有益的事物是没有浪费,不产生渣滓的",这个断言至少可以作为一种工作假说来使用。允不允许这一假说的存在,结果会产生非常大的差距。如果这个假说为真,那么要减少浪费,最终就只好不做任何有益的事。而要做有益的事,也许就必须尽可能地多做无用之事。但是,如果这个假说是错的,即"事物有可能只有益处,而不存在浪费,并且理应如此",那么,浪费即便不是罪恶,也是不合理、不方便的。于是,为了免受责备,最好老老实实什么也不做。那样一来,所有的活动都将停止,陷入冬眠状态。冬眠还算是安全的,如果为了消灭排泄物，而废除一切食物，那就只能饿死。

吃铅虫也是如此。尽管在人类看来，它似乎毫无效率，但也许事实并不是这样的，说不定虫子还在嘲笑人类呢。人类从山上采掘巨大的岩石，从中提炼出微量的贵金属，余下的几乎全部当作废物丢掉。也许这些虫子看了，会说出跟我现在一样的话。

想到这里，我不禁觉得，即便是顽劣的孩子，也还是应该送他去上学，即便是难懂的书，也还是应该去读，即便是荒诞不经的研究，做总好过不做，即便是枯燥乏味的随笔，写总好过不写。

昭和八年（1933）一月，《帝国大学新闻》

卷三 文艺中的科学

回忆

一

"病在旅途，梦驰荒野。"芭蕉的这首俳句太过有名，如今已没有再加评注的余地。在我看来，这句诗真是回味无穷，再怎么品味都不过分。它是芭蕉一生的总结、梗概，同时也是所有人在人生的晚年都会产生的感慨。不过，我要讲的却是我小时候的事。我的姐夫春田居士常常在傍晚纳凉时，坐在长板凳上，一边晚酌，一边给一群孩子讲趣事。这是我当时的一大乐趣。我记得姐夫讲的趣事之一，就是芭蕉的这首辞世之作。在他讲的版本中，不是"病在旅途"，而是"死在旅途"。姐夫会左右摇晃着脑袋，用奇怪的语调一遍又一遍地咏叹。那样子十分滑稽，引得大家捧腹大笑。但是现在回想起来，姐夫作为政客，经历了坎坷的人生，同时又是南画家、汉诗诗人，他乘着醉意咏叹芭蕉的名句，想必不单单是为了引孩子们发笑。当时还是孩子的我只是觉得好笑，直到现在我才意识到，这句诗的奇怪版本在我的头脑中留下了某种深刻的印象。

二

"山茶坠地，罩住牛虻。"此句是漱石先生所作。我记得三十余年前，我还在读高等学校时，有一次从熊本归省，途经门司，在旅馆同一位友人彻夜长谈。我们曾就此句展开讨论，讨论的内容已经不记得了。然而就在两三年前，因为一次偶然的机会，我发现山茶花坠地时似乎有一种倾向：即使刚开始坠落时花朵朝下，它也会在空中翻过来，变成朝上。我又通过进一步的观察和实验，证明这种倾向确实存在。而且树越高，坠地后朝上的花朵的数量比例越大。但是，如果是矮树，离开枝头时朝下的花朵没有足够的时间在空中翻转，通常就会直接朝下落在地上。当然，这种空中翻转作用，取决于花冠特有的形态对空气阻力的影响，以及花的重心位置、转动惯量等。尽管如此，还是能够想象，如果花朵坠落时，牛虻趴在花蕊上，那么因为虫子的存在，花朵整体的重心就会有些许移动，多少削弱了上述的翻转作用。换句话说，更容易困住牛虻。虽然这跟俳句鉴赏并没有多大关系，但是我通过这些琐碎的物理学方面的考察，增强了对漱石先生这首俳句所表现的自然现象的现实感，印象更强烈了，仿佛诗意之美也因此得到了提升。

三

漱石先生在熊本任教时，我还是高等学校的学生。有一天，在先生家中，我与先生二人尝试十分十句[1]作为消遣。过程中冒出了许多新奇的句子，非常愉快。我还记得当时先生有一句

1　十分钟作十首俳句。——译者注

是"绊倒在地,仰面富士山,低头荞麦花"。这句很能体现十分十句的节奏之迅猛,当时引得我大笑,现在回忆起来也觉得有趣。不过,即使是这样的句子,还是可以体现先生的思维特征。大概也是那次,还有一句"呼来橐驼[1],未设蹲踞[2],梅花香"。"橐驼"两字太难,我不解其意,而且,我这个乡巴佬连"蹲踞"是什么都不知道,只好请先生解释。还有一次,先生作了一句"斜切葱段,都市风情",他问我觉得怎么样,我也是完全不理解其中的意思。听了先生的解释,虽然懂了,但是仍然不知道好在哪里,于是不怀好意地说很普通。现在想来,觉得那句还是非常巧妙的。

四

俳句属于"经久不衰"的事物之一,然而又表现出"流行"的一面。在鉴赏俳句时,当然要根据作者和鉴赏者的故乡、年龄的函数给出评价。这不仅限于俳句。"年老体渐衰,海苔砂硌齿",这样的俳句,年轻时觉得索然无味,甚至觉得讨厌。然而,年岁渐长,我从中看到了科学的真实性,进而被其吸引,深深打动。我不禁想起明治时期《杜鹃》杂志上经常有些血气

---

[1] 出自柳宗元《种树郭橐驼传》,橐驼在日语中是园丁的意思。——译者注
[2] 茶室庭园中摆放的石制洗手盆。——译者注

方刚的年轻人，揪住鸣雪翁[1]大肆批判。

昭和九年（1934）一月，《东炎》

---

[1] 内藤鸣雪（1847—1926），明治、大正时期的俳句诗人。——译者注

对于浮世绘，我知之甚少。在西方作家关于浮世绘的书籍作品中看过一些插图，大部分都是廉价的网目铜版复制品，我只在画展和收藏家那里仔细看过少许真迹。那么，我想站在这有限的基础之上，利用有限的素材，谈谈我对浮世绘的思考。这有点像孩子用玩具积木堆砌寺院的模型，堆出来的东西到底像不像寺院，我并没有多少把握。但是，如果古代的名匠都能从天然的岩石和树梢获取建筑的灵感，那么，孩子的搭积木手艺或许也能提供些许参考。

如果去掉色彩，把浮世绘拆解一遍，剩下的就只是各种形状的黑白碎片和曲线的集合。将这些零散的材料一一取出，在原来的纸上尝试各种不同的排列组合，呈现的画面可能会跟未来派的画作非常相似。

但是，在这些变化无穷的排列组合中，势必有些看上去凌乱潦草，有些看上去和谐美观，它们之间是否有区别呢？这个问题很难回答，但是，如果没有区别，那么，一些未来派绘画作品似乎就没有存在的理由了。

去除色彩后的浮世绘美在哪里？我想这个问

浮世绘的曲线

题的答案就是我上面提出的问题的答案。

如果是问黑白碎片的排列，线条并列交错呈现的节奏和谐调中包含多少美学元素，这个问题就变得非常抽象，甚至带上了归纳性的色彩，但也因此或多或少更能接近问题的本质。

无论如何，用这样的思考方式看浮世绘，将是一个有趣的实验。于是，我带着这样的想法去看了手边几本书里的浮世绘插图，在这里写下当时留意到的内容，作为日后备忘。或许这只是没有任何新意的陈词滥调，如果有读者精通此类文献，请斧正赐教。

我查阅的主要是描绘人物，特别是女性人物的浮世绘。但是，下文提到的命题中的大部分，经过适当的演绎，或许也能应用于风景画。

浮世绘上的黑色斑点，最重要的是人物的头发。这几乎构成了浮世绘人物画的焦点或基调。我想，如果把这些画中的头发画成浅色，那么，整幅画就无法给人留下印象了。为了与构成基调的黑色斑点相呼应，画家会在画面上安排各种黑色的物品。比如，涂漆木屐、和服带子、蛇眼伞、刀鞘、茶托或涂漆托盘等，这些黑色斑点以恰当的轮廓出现在恰当的位置，就能保持画面的平衡。多人物构图时，将这些人物黑色的头部结合成多边形，是非常重要的布局方法。

头发能够强烈地吸引观众的注意，自然就变成了衬托人物脸部的原动力。如果没有漆黑的头发，人物脸部的线条就沦落为无意义的线条的集合，对于整幅画而言，它们存在的意义也就微乎其微了。

构成头发轮廓的各种曲线，也起着非常重要的作用。如果仔细观察喜多川歌麿[1]之前名家的浮世绘作品就会发现，多数情况下，发髻和两鬓轮廓的曲线与眉毛和眼睛的曲线或平行，或呼应。梳子的轮廓也是相同基调的变体。同样线条节奏的余韵还表现在衣襟或器物的外轮廓曲线上。比如，歌麿所作的《美人一代五十三次·户塚》中，两个女人发髻顶部的圆滑线条，

1　喜多川歌麿（1753—1806），江户时期浮世绘画家，与葛饰北斋、安藤广重并称浮世绘三大家，也是第一位在欧洲受到欢迎的日本木版画家，擅长美人画。

与两人的衣襟和团扇的线条相呼应，形成了明显的韵律节奏。东洲斋写乐[1]把女人的眼睛和眉毛画得很奇怪，但如果将其看作发髻线条的余韵，奇怪之感就会淡化，反而令人感受到一种节奏之美。

　　脸部的轮廓线也是重要因素。大多数情况下，脸部轮廓线是与衣袖的曲线相呼应的。每逢发现各位画家喜欢的脸部线条在袖子隆起的线条之上再现时，我就会频频点头。我觉得古时候的作品中，这种现现象较为显著。但是，唯独写乐笔下人物的脸部轮廓相当复杂，更加接近于写实。这可能有损纯粹由线条构成的音乐之美，但是他的画中出现的手和手指的曲线巧妙地补救了这一点。因为这些曲线与脸部的线条巧妙地保持着平衡，反而加强了复杂的音乐之美。怀月堂[2]的作品中隆起的脸部线条广泛地分布于

1　东洲斋写乐，与喜多川歌麿同期出现，活跃于1794至1795年，擅长画役者绘。
2　怀月堂安度及其门人组成的"怀月堂"派，擅长手绘美人画，在江户时期的宝永至正德年间（1704—1716）收获了巨大的人气。

整个画面，构成人物的身躯、衣服的隆起，让画面的美感更加丰富。

其次重要的是衣襟的线条。很多作品中，衣襟的线条是几条并行的曲线，呈拉长的 S 形，它与人物耳鬓下端等处的线条形成明显的对偶关系。它就像是一个平台，起到承载头部所有线条的作用，同时又自然而然地汇入构成整个身体支柱的垂线。来到下方之后，这些线条再重新打开，构成衣服下摆的线条。

浮世绘的线条最繁乱、最曲折的地方就是和服的下摆。关于这一点，铃木春信[1]之前的浮世绘名师的作品最具代表性。毋庸置疑，复杂的下摆赋予了画面稳定性。

有时，下摆的线条会与补景，比如帷幔、树枝或岩层等的线条呼应，这样做往往会给画面带来纤细孱弱的效果。也许正因为此，歌麿作品中的女性都只画下摆以上的部分，让人感受到不拘小节的高雅之美。像写乐这样敏感的线条音乐家，特地选择画半身像，应该也并非偶然。

除写乐外，其他早期浮世绘画家在处理人物的手部时，通常都会在手上画一些附加物，比如团扇、烟袋等。菱川师宣和

1　铃木春信（1725—1770），江户时期浮世绘画家，致力于锦绘（彩色版画）创作，多描绘茶室女侍、歌舞伎等。

西川祐信[1]等人的画作，构图往往会故意将手指隐藏起来，在我看来这绝非偶然。鸟居清长[2]等人似乎对这一点有着清晰的认识。在鸟居清长的作品中可以看出，为了使这些附属物不喧宾夺主，干扰到整幅画的效果，他下了很多功夫。我相信至少在这一点上，清长要比歌麿优秀得多。

单单提取上述这些微小的要点来看，歌麿以前和以后的浮世绘人物画就有着非常显著的区别。

比如，歌川丰国[3]等人的作品线条节奏紊乱，还因为不必要的复杂性进一步破坏了节奏感。丰国画过脚踩酒桶，手抓樱枝的女人，春信画过风中撑伞的女人，二者对比来看，区别一目了然。后者连柳枝的曲线都配合着人物脸部与和服的线条，形成了一定的音乐节奏，而前者大概也打算描绘同样的意境，但是画出的樱枝只会让人想到不和谐的杂音，穿着布袜的脚部的粗犷曲线也是败笔。可是不管怎么说，丰国还是要比后来的画家好得多。

---

[1] 菱川师宣（1618—1694），被称为"浮世绘的创始人"，其重要性在于他有效地融合了早期各种短暂的绘画和插图画流派，为以后两个世纪的浮世绘大师提供了基础。西川祐信（1671—1750），江户时期浮世绘画家，主要活跃于京都，创作绘本，并以风俗画为主。

[2] 鸟居清长（1752—1815），江户时期浮世绘画家，鸟居画派第四代代表，擅长画歌舞伎艺人和八头身的美人。

[3] 歌川丰国（1769—1825），歌川派早期最杰出的画师，擅长描绘歌舞伎演员。

有一幅罕见的美人图，据说是北斎[1]所作。画中的衣领大概是绯红色的纹缬花布，被画成一条条锯齿状的线条。尽管有写实的味道，但如果作为线条交响乐来看，只会给人一种关键的第一小提琴嘎吱乱响的感觉。与此相反，北斎进入自己擅长的领域时，同样的锯齿状线条则会自然地演奏出和谐的音调，给人一种如同听到颤音的感觉。比如，观赏《富岳三十六景》中的三岛越[2]，看到与山的线条并行的树枝、云端和山崖，就能领会为什么富士山的轮廓必须是锯齿状了。这其中有着统一的基调。

1　葛饰北斎（1760—1849），作为闻名遐迩的浮世绘画家，其绘画风格对欧洲画坛影响很大，凡·高、高更等许多印象派大师都临摹过他的作品。
2　葛饰北斎晚年代表作，描绘了从日本关东各地远眺富士山的景色，"甲州三岛越"为其中一景。

但是，以头发、脸部、身体的平滑轮廓为基调的线条音乐，几乎是浮世绘的唯一形式，而要超越古代浮世绘的领域是非常困难的。后来的浮世绘失败的原因，大概也是因为无法理解而偏离了这一领域吧。

如果我最后的想法是正确的，那么同样的论断是否在一定程度上也适用于雕塑和现代的西方绘画呢？这至少应该是一个值得深思的问题。

我想，有一天我会更深入地思考这些问题。姑且将这篇文章当作一个预告吧。

大正十二年（1923）一月，《解放》

四月初，我读了山本鼎[1]的著作《油画写生》，突然也想自己尝试一下油画创作。自从去年年底生病以来，我几乎一天到晚都在卧床读书。现在天气渐渐回暖，庭院花坛里的花草发了芽，我突然厌倦了一直躺在床上。同时，脑袋的状况也不像天冷的时候，失去了长时间读书的耐性。迄今为止，我一直把心灵之眼朝向内侧，现在突然向外一看，感觉仿佛整个自然界都从冬眠中苏醒，一下子有了活力，热烈欢迎我。恰逢此时，山本先生的著作出现了，挽着我的手，把我从病榻上拉了起来。

中学时，我曾浅尝辄止地画过一点油画。我托绘画老师从东京一家名叫饭田的商店买来画具和颜料，并向老师借来范本，拼命临摹。当时没有用画布，而是用黄色硬纸板，自己涂上动物胶，用沥青先画出草图的明暗，在此基础上作画。我画了不少习作，但从没有画过实物写生。后来去他乡游学，同时也放弃了画画，一直到今天都没有机会再握画笔。当年用过的颜料盒、调色盘和

---

[1] 山本鼎（1882—1946），日本画家，擅长创作版画、西洋画，积极投身于自由画教育运动。

画架，几年前老家搬迁时，母亲觉得这些东西都没用了，自作主张送给了废品商。

后来，我来到首都，每次去看西洋画展，就会想起中学时代，同时想起那些颜料特有的气味，想起当时一边画画一边哼唱的歌曲，于是重拾这份乐趣的欲望受到了强烈的刺激。然而，当时的境况却不允许我有足够的时间和安宁的心境，所以一直没有机会付诸实际行动。只是每次看画展，都会唤起这种愿望，仅仅如此，就能为我单调的生活注入一缕新风。

中学时，要说油画，除了老师的画作以外，我只看过石版彩印的复制品。曾经有一位英国传教士的妻子，在旧城址的公园支起帐篷，连续几天在那里写生。我好奇她都画些什么，于是小心翼翼地靠近，结果一个十二三岁的金发小孩跑过来说："靠太近的话，狗会咬你的。"果然，旁边有一只大狗在守着。那么大的狗，我还是第一次看到。

那之后的二十多年里，我看过许多油画。从数量上说，可谓庞大。看得多了，我的眼光逐渐发生了变化，对油画艺术的思考也有了诸多转变。但是这期间唯一不变的，就是希望有朝一日能看到"自己的画"。无论全世界有多少名画，无论自己画得多么拙劣，还是想看一下自己创作的油画，毕竟我从出生到现在都还没有看到过。

这样的愿望产生又消失，产生又消失，已经持续了十几年。

随着今年的草木发出新芽,这个愿望也带着强大的力量复活了。同时我发现,大病初愈的现在,正是满足这一愿望的大好时机。

于是,我马上把颜料、画笔等必备品准备齐全,对着一块小画板,有生以来第一次尝试描绘自然景物。把颜料挤在崭新的调色盘上,新鲜的光泽和气味强烈地唤醒了昔日的记忆。用长长的笔尖调和黏稠颜料时的特殊触感,也更强烈地召回了二十余年前的印象。当时自己的房间,院子里的光景,还有几乎忘却的那些人的容貌,全都历历在目。

我先试着从身边的盆栽、点心、杯子等事物画起,几乎是看到什么就画什么。起初并不去考虑画得好不好,这种比较毫无意义。画家千千万万,而我却是独一无二的。

确实,我没有办法画出心中理想的图画。不过,那些出乎意料的产物其实也很有趣。有些东西,我原本觉得自己肯定画不好,结果却有模有样;有些东西,我以为毫不费力就能画好,结果发现其实很难。更有趣的是,我开始从单色的墙壁和布料表面看出了包罗万象的色彩,发现那些我原本以为静止不动的草叶,竟像动物一样在活动。而且,有时候即使没有在画画,我对这些事物也变得特别敏感。有一回躺着看书,看到手指投在白色书页上的影子呈纯粹的天蓝色,极其美丽,影子周围是一圈黄色的补色,这景象令我吃惊得连书都放下不看了。还有一回,我看着花坛里金莲花的叶子的时候,突然一道阳光划破云层照射下来，无数的圆叶片似乎就快速地改变了朝向，改变间隔和分布，像是在争先恐后地贪图多照到一点阳光。一片一片的叶子仿佛是各自拥有意志的动物，甚至让我觉得有些可怕。

画过一段时间身边的静物、院子的风景之后，可画的东西越来越少了。其实，同样的静物也好，风景也好，只要排列、光线和角度不同，都可以当作练习的材料。但我是个业余的初学者，至少想把各种不同的东西都画上一遍。我最想画的是野外的风景，但是现在有病在身，只好放弃。就这样，我终于不得不开始画自画像了。也不知道为什么，我一直对肖像画没有什么兴趣，尤其是画家的自画像，甚至抱有一种原因不明的反感。尽管如此，我还是想画一画自己的脸。

于是有一天，我坐在镜子前，仔细地观察自己的脸。脸色很差，面颊松弛，眉眼和嘴角挂着难以名状的阴暗、不快的表情，这令我一时失去了画下去的勇气。后来我又挑了个天气和心情都不错的日子，在书桌上立一面小镜子，那时镜中的脸神采奕奕，眼睛也带着活力，与之前判若两人。于是我立即在最小的纸板上画起来。先试着用铅笔勾勒出粗略的草图，画得完全不像，但是我没有在意，开始上颜料，很快就画出了一张有模有样的人脸。不仅如此，我还觉得它跟自己有几分相像。脸长约二寸，需要涂颜料的面积很窄，所以并没有费多少工夫就画好了，心情也因此有了一丝愉快。我当即把画拿给家人看，有人说像，也有人说不像。当然，两种意见肯定都是对的。

画这第一幅自画像时，我发现镜中的脸和自己的脸并不一样，是左右颠倒的。这在物理学上是显而易见的事实，但是我在写生的时候才第一次真正体会到。衣服左右颠倒就罢了，头发梳理的方向、黑痣的位置反了也还可以应付，但是更加细微而非常重要的地方，如眼睛的不对称、鼻子的曲线等，都要一一考虑左右颠倒的问题，这是非常困难的。简而言之，单凭一面镜子，我们永远也无法真正认识自己的脸。用两面镜子可以看到角度稍斜的侧脸，但我嫌麻烦，而且凭我的水平，恐怕还画不出左右的区别。我想着不要在意这些，只要把镜子里映出的脸画下来就好，就这样一直画到和服的衣襟，然后又有些犹豫了。按照我对科学和艺术的认识，我应该如实地画我所见，但是又觉得，这样一幅画看起来会不自然，年迈的母亲看了大概也不会高兴，所以最后还是画成了左襟压右襟[1]，可我还是觉得有些不愉快。

自画像 No.1 画得满脸皱纹，愁眉苦脸，向上翻着眼珠，瞪视前方，看上去像一个急躁、易怒的人。仔细想想，很难说我没有那样的特质。

那之后过了两三天，我又用跟之前一样大的纸板，画了第

---

1 这是穿着和服的讲究，反过来是死者的穿法，被认为不吉利。——译者注

二幅自画像。这次我试着把脸稍微偏向一侧，结果与之前截然相反，画出了一张非常温和、平坦、年轻的脸。妻子和孩子们都笑着说太年轻了，只有母亲说这幅很像我。母亲眼中的我和孩子们眼中的我，说不定有着十年以上的年龄差。我想起最近看到自己小学老师的照片，阔别多年，都没有认出来。因为照片上的脸太年轻了，感觉像小孩子一样。仔细端详了一会儿，三十年前的记忆才栩栩如生地回来了。如此想来，在我们的头脑中，他人的脸似乎会和我们一起变老，而且始终保持着一定的年龄间隔。

同一个我画同一张脸，结果却大相径庭，这肯定是因为画工太差，但我还是觉得很有趣。No. 1 和 No. 2 应该都有和自己相似的地方，但是把这两幅并排放在一起比较，怎么看都不像同一个人。这样看来，虽然说两幅画都与我相似，但那些相似点大概都不是决定脸部相似与否的本质性的要点，而不过是次要的、细枝末节的点。

这让我想起一件不可思议的事。有一次，我在电车上坐在一对带孩子的夫妇对面，仔细观察了他们的脸。夫妇二人长相完全不同，按照一般的意义来说，没有一点相似之处。后来我又注意看孩子的脸，发现孩子长得既像父亲，又像母亲。虽然不容易看出来那个孩子分别遗传了父母的什么地方，但是不管怎样，孩子浑然地融合了父母双方截然不同的脸，构成了一张完整独立、极其自然的脸，这令我非常吃惊。更不可思议的是，当我注视完孩子的脸之后，再去比较父母的脸，发现原本看上去截然不同的几张脸，竟然变得彼此相似起来。这样的现象，心理学家会作何解释呢？这肯定会是一个有趣的问题。另一方面，我也思考了亲子关系的深刻意义。还有一件事，我听K君说，他一个朋友的次子，比起自己的父亲和生母，反而更像父亲已逝的前妻，几乎长得一模一样。K君第一次见到这个孩子时，莫名感到震惊。如果说K君所认定的这种相似是完全客观的，那恐怕现在的科学很难解释其中的原因。

  我一边画自画像，一边想了很多。到底是什么因素决定两张脸的相似度呢？有没有科学的方法能把这个因素分析并提取出来呢？比如，可以试着画几十幅同一尺寸、同一朝向的肖像。然后将其逐一拍成照片，再分别重叠，制作成叠拍照片。如果每幅画和实物的差异符合物理学中误差的分布规律，那么叠拍的结果是不是就相当于取"平均值"，变得和人物实际的照片一样呢？如果跟实际照片有区别，那么这种区别也许就体现了画者所固有的"人为误差"（personal equation），或者暴露了此人对自己容貌的想象。总之，把几十幅肖像大致按照相似度分成两三组，然后将一张一张的照片和实际的人物照片重叠对照，分条罗列一致的点和不一致的点，制作成统计表。用这种方法来研究"脸的相似度"这一不可思议的现象，似乎可以构成系统性研究的一个阶段。

　　我画完自画像No.2之后，暂停了一段时间，画了一些静物。某日，画家T君旅行归来，特意来看我的画。我把所有的画都拿出来，请他指点。他教给我许多有趣的东西，令我深受启发。对于两幅自画像，他说颜色太白了，需研究色彩和色调，画的时候要多些耐心。经他这么一说，我发现确实我的画不像一般的油画，更像是淡彩的日本画。这肯定也是因为镜子不好，所以脸色看上去比实际偏白，但是经他指出之后，我再比较镜子里的自己和手上的画，发现画像确实颜色淡而透明，皮肤就像上蔟[1]期的蚕。整幅画给人的感觉粗糙而单薄。T君给我讲了许多，中间提到了色调的重要性。他告诉我，要眯起眼睛仔细观察，看准再画，而且每画一笔，都要重新调配颜料。有的画家用六尺长的画笔，却只在笔尖蘸一点颜料，蜻蜓点水般地涂上一笔，然后又开始观察、思考。我听这番话的时候，心情莫名的愉快。那样的画家跟学者简直就像兄弟一般。学者在做精细的物理实验时，也是一边调节敏感的螺钉，一边透过镜片仔细观察。我觉得这既有趣，又好笑。我一笑，T君也跟着笑了。

　　那之后过了两三天，我去T君家中做客，他给我看了他以前画的两幅自画像。那是画在小木板上的习作，颜料浓厚，

---

[1] 上蔟，将老的家蚕上草束吐丝结茧。

笔法粗犷。他的画极为生动，仿佛能感觉到漆黑的颜料下面涌动着热血。相比之下，我的画则平平无奇。

仔细想来，这样的事情，我并非现在才懂。如果不是我的自画像，而是别人的画，也许我从一开始就会不屑一顾。但是，因为是自己画的，我就连这么显而易见的事都不懂了，直到看过T君的画才终于清楚地意识到这一点。说到底，我和很多人一样，很多时候会对自己无法理解的事物打上"无趣"的标签，觉得那些与自己不同的人都"没有常识"。不过幸运的是，或者说不幸的是，把自己的画看作一幅单纯的画去和行家的画相比较时，我还没有那个自信说自己的画更好。因此，对T君的画作和言论，我都心悦诚服。头脑经过这样一番洗礼后，我便着手画第三幅自画像。

我听从了T君的建议，决定这次画在画布上。我买来已经上好框的较大的六号画布，又买来画架，把画布放在上面。这种煞有介事的感觉突然让我感到有些不自在，一时无从下手。坐在起居室角落衣橱旁边的镜台前，光线从左侧照亮我的半边脸，我想把映在镜中的一切原封不动地画下来，包括画架，背后的衣橱，还有衣橱上的书和报纸。于是，我开始了。

打草稿的时候，想着这次要把脸尽量画得大一些，但是不知道为什么，最终画出来的却比我预想的小。我想画大，手和铅笔却好像跟我作对似的，把脸缩小了。我本想画得跟实物差不多大小，结果不知不觉变得还不到实物一半。我以为自己看到的是实物，但那其实是镜中的虚像，它和我的距离，是镜子和我之间距离的两倍，所以视角变小了许多。而画布却离我很近，即使映像和画的视角相同，尺寸也会变得不足实物的一半。人们通过照镜子来了解自己的脸，即便不考虑左右颠倒这一事实，要准确判断脸的大小，恐怕也是非常困难的。我甚至觉得，我们终其一生也无法真正地认识自己的脸。我们连自己的脸都无法认清。我想起曾经有人说过："唯有自己的后背，我们终其一生都无法触及。"

要把草稿全部抹掉重来，那太麻烦了，而且我觉得有一幅这样大小的画也无妨，便继续画下去了。我把草稿拿给妻子和长女看，让她们找不对的地方，她们马上发现了各种错误。别人轻而易举就能发现的错误，画画的人自己却很难发现。

最终草稿也不是很像，但我还是开始上颜料了。本以为画着画着就会变好，结果事与愿违。

不必说，我是从脸部开始上色的。起初，我大致地涂上了肉色和阴影，这时虽然不像，却还是得到了一张感觉相当不错的脸，我觉得发挥不错，多少有了一些兴致。然后，等到用更细腻的笔触，开始注意色调，想要画得更像一些的时候，我预感到接下来会变得困难。首先，第一个困难是，我一直在忠实地描摹一个个局部，但不知不觉就发现局部间的位置和平衡被打乱了。在右眼下了很多功夫，觉得画得已经很好了，但是稍微隔远一点再看，却发现那只眼睛与脸格格不入，不是偏向一边，就是向上吊起，歪歪扭扭。画右边的时候和画左边的时候，脸的倾斜角度似乎总是不同。因此，左眼和右眼总是各行其是，无论如何都不能在同一张脸上融洽相处。没有办法，我想只能二选一，让另一个服从这一个。于是，我决定以画得比较像的右眼为标准，在画左边的时候，拼命地考虑与右边的关系。

我试过拿来圆规和尺子，测量尺寸的比例，但是因为用了镜子，使得这项工作并不如画静物时那样简单。毕竟要比较真实的脸、镜中的脸、真实的尺子和镜中的尺子这四者中的二者，有时大脑会错乱，弄错需要比较的对象。镜子还有一点不方便，那就是我本想用跟画静物同样的方法，眯起眼睛，透过虚握手掌形成的孔洞去窥视，结果镜中的脸也做着同样的动作，所以在画眼睛附近的时候，这个方法并不奏效。

以右眼为标准画了不久之后，我就发现从鼻子到整张脸的轮廓都需要做一次大改造，心想这下麻烦了。整张脸的倾斜角度要大幅调整。如果不想那样做，就只好再一次毁掉关键的右眼，从头来过。想到这里，我顿时觉得泄气，想要丢掉画笔。我决定暂停一下，把画布立在房间的角落里，离远一点看过去，发现整张脸奇怪地痉挛扭曲着，一开始感觉不错的眼睛也恶狠狠地瞪着，发出阴险可怕的光。我无法忍受留这样一幅画过夜。

于是，虽然肩膀已经开始酸痛，但我还是振奋精神，开始修改起来。

从那以后，几乎每天早上起来，打扫完房间之后，我就立即着手修改这幅自画像 No. 3。本来打算只用上午的时间，因为如果投入太多精力，身体吃不消。然而，上午告一段落后，一边吃着午饭一边看自己的成果，发现画错的地方，就会忍不住想要添上一笔，于是下午的时间也搭进去了。

尽管如此，这幅画还是渐渐地越来越像了。有时候，画着画着，近看觉得已经画得非常好，几乎不需要再改，我的心情也随之愉快起来。但是，当我把画从画架上取下，高高挂起，从下方仰视时，就会惊讶地发现，画上的脸变得非常奇怪，与之前截然不同。有时候一侧的鼻翼严重下垂，近看时却一点都没有发觉。

不可思议的是，这样每天盯着画中的脸看，那张脸渐渐地印入我的大脑，变得如同一个活生生的人。他既像我，又像别人。有时候，我甚至觉得画中的脸才是真的我，而镜中的脸是假的。特别是在远离镜子和画面凭空想象的时候，镜中的脸总是模糊不清，画中的脸却形象鲜明地浮现在了脑海里。我觉得这样不行。必须减少盯着画看的时间，增加照镜子的时间。

不知不觉间，画中的人和画画的我变得仿佛能够互通心意一般。画像歪嘴，我也会忍不住跟着歪嘴。我眯起眼睛，画像也不知什么时候同样眯起了眼睛。画中的脸心情愉悦的日子，我也会觉得愉快。反之，我也会觉得心情不好。

　　状态极好的时候，随意调配出来的颜料，色彩和色调都恰到好处。那感觉就好像颜料能够心领神会，自动调好，而我负责搬运即可。这种时候，只需要随笔一挥，画中的眼睛便拥有了生命，腮上的肉也丰满起来。我甚至有种错觉，仿佛不是我在画画，是颜料和画笔自动挥洒，而我只是目瞪口呆地看着。这种时候，我愉快而兴奋。看院子，看家人的脸，都会觉得很愉快，而且不可思议的是，我经常会感到饥饿。

　　相反，状态不好的时候，颜料也好，画笔也好，仿佛串通一气要造反似的，惹我烦恼。觉得颜色太浓，修改一下，准会变得太淡。改着改着，轮廓也塌了，每一笔下去，脸都渐渐被无情地破坏。这种时候，心情就会变得非常糟糕。我也觉得不如早早停笔，但越是这种时候越恋恋不舍，不忍罢手。刚好有客人来访，不得不停手时，我会一面觉得糟糕，一面觉得来得正好。客人一走，马上又忍不住去看那幅画糟了的画。

　　见我如此热衷，家人都打趣说："这幅画有灵魂，没准半夜会从画里跑出来。"有一天夜里，我上了床，看着挂在门楣上的自画像，忽然觉得画中的脸眨了一下眼睛。我觉得很有意思，又盯着看了一会儿，却什么也没发生。但是，当我准备把目光转向别处的一瞬间，感觉它又迅速地眨了一下眼睛。这大概是一种常见的幻觉。普希金的短篇小说里也出现过扑克牌上的黑桃皇后眨眼的描写。[1]我们的神经一旦处在某种特殊的状态而紧张起来,似乎就会产生这样的错觉。还有一种错觉更不可思议,当我夜里躺在床上闭着眼睛时,一片黑暗中,有时候能看到画中的脸。刚注意到的时候,画面很清晰,仿佛是幻觉一般,后来就变得模糊了,但还是能看出是画像的脸,时隐时现。生理光学经常研究的一种现象叫作视觉余像,但是那种现象通常只会在盯视实物后维持很短时间,而且通常是正余像和负余像交替出现。能够在如此长的时间之后残留下来,而且只出现正余像的情况,我还没有在任何文献中读到过,也未曾听说过。恐怕这并非生理现象,而是由病理性的神经异常引起的幻觉,但不管怎样,这种现象真是奇怪。听说杀人犯即便时隔多年后,患上热病时,仍能清晰地看到受害人的脸,我想这大概跟我所看到的幻觉程度类似。

还有一个不可思议的错觉。有一天,我像往常一样,小心翼翼地描描眼睛,修修嘴角,突然觉得自己正在画的脸很像先父。仿佛父亲突然出现在画中,正在看着我,这种感觉令我不禁愕然。但是,仔细想想,这也并不值得大惊小怪。很多人说我长得很像父亲,虽然我自己不这么认为,但肯定有很相似的

---

[1] 指普希金的短篇作品《黑桃皇后》,其中运用了预感与征兆、幻觉与梦境等表现手法。

点。只要把我的脸的某处稍作修改，就很容易向父亲的脸靠近。每天做各种修改的过程中，偶然碰上那个"某处"，触及关键所在，父亲的脸就会暂时出现。

由此想来，每天都有各种各样的脸出现在我的笔下，也许其中就有未曾谋面的某位祖先的脸，他们从画中看着我。实际上，有时候我甚至觉得画中的脸似曾相识。

虽然人类具体的个体记忆和经验无法直接遗传，但是它们会凝成某种微妙之物，遗传下去，这也许就是我产生如此感觉的原因。漱石先生的《兴趣遗传》就提到过这点。拉夫卡迪奥·赫恩[1]的作品中也论述了这样的思想。如果追溯我们的祖先到一千年以前，算下来我们的身上大概继承了以往两千万人的血脉。这样想来，我每天创作出来各种各样的脸，也许就是

---

[1] 爱尔兰日裔作家小泉八云的原名。他是近代史上著名的日本通、现代怪谈文学鼻祖，写过许多向西方介绍日本和日本文化的书。

这两千万人中某一位的。想到这些，我觉得好笑，但同时也觉得，必须站在这一立场上，重新认真地思考"自己"的由来。我感觉独立的自己仿佛已经崩塌，化为微尘，唯有无数过去的精灵在全身的细胞和血球中蠕动。

不管怎样，我总算把这第三幅自画像完成了。因为我意识到，真正意义上的"完成"是永远不可能的，所以只能在差不多的时候将其告一段落，搁置一段时间。背景里有一个衣橱，用绿色的布盖着，上面杂乱地放着书籍和报纸，令人厌烦，整幅画也因此显得恶俗起来。所以后来我将背景全部涂掉，改成了垂下的暗绿色幕布。这样改过之后，衬托得脸部更加醒目了。不仅如此，这幅画原来有种杂志封面画的感觉，经过这一番改造，竟有了几分沉着稳重的古典韵味。因为色彩对比的效果，脸色显得愈加红润了。但同时，衣服看上去也泛着红色，这一点我不满意，但也没有耐心再去修改，就没有再动它。

紧接着开始画第四幅自画像，用同样大小的画布。这一次，我想把脸画得更大，而且要更加细致地分析色调。然而，虽然我在开始打草稿时画得很大，但是随着一遍遍地修改眼睛、鼻子，不知不觉间脸渐渐缩小了，真是不可思议。在草图画得差不多的时候量了一下尺寸，发现只有实物的四分之三大。我没有勇气全部抹掉重画，所以这次也没有管它，继续画下去。

第一天，我果断地将阴影和向阳处做了对比强烈的区分，让整幅画有了一个大概的模样。不可思议的是，当时画好的脸和之前的第三幅非常像。似乎在我的头脑深处有着某种根深蒂固的谬误，正在强力彰显着自己的存在。

这幅画折腾了二十多天，还是不成样子，最终半途而废了。因为脸的面积变大了，困难也比之前更大。拘泥于局部，而导致整体失去平衡的情况也更多了。塞尚曾对沃拉尔说："轮廓线会从观察者的眼前逃走。"这句话的真正意思是什么，我不是很懂，但有几次确实有这样的感觉。感觉已经抓住了右边的脸颊，左边的脸颊就开始溜走了。很久以前，我看过某位画家正在画肖像。当时我注意观察画家的举动，发现有很多事情自己作为外行无法理解。例如，我以为他该给肖像的下巴尖上色的时候，他的画笔却犹如闪电一般飞向了眼睑。只见他目光炯炯，画笔上下翻飞，仿佛容不得一丝大意。就像牧羊犬守护羊群的时候一直跑来跑去，把那些即将脱离队伍的羊赶回到队伍中的样子。现在想来，那大概是在留意不让轮廓线或色彩逃走吧。如果非要那样做不可，那么画画还真是件累人的事。

轮廓线哪怕稍微偏一毫米，脸的形象就会变得截然不同，真是可怕。某个地方涂的一抹颜料浓一分或淡一分，都会让脸变得扭曲。这样的效果近看的时候反而看不出来，稍微离远些再看就会格外明显。我有点明白用六尺长笔的意义了。

等到脸终于画得有模有样了，我发现竟很像我认识的某位学者。家里人不知道那位学者，看了这幅画说："这脸看着像木匠或泥瓦匠。"

后来我每天做各种修改，画也一直变化，不可思议的是，不知道什么时候，同样的木匠脸又回来了。就像某个你不想见到而刻意回避的人，却偏偏偶然撞见，这样的感觉产生过不止一次。有一天，我狠心地把左边的脸颊削掉了一大块，从那以后，这个不可思议的幽灵就再也没有来骚扰我了。

我开始觉得，无论修改到什么时候，似乎都没有完成的希望。有一天，K君讲他最近所得的各种经验的时候，提醒了我一点，大意是说："人的脸时时刻刻都在变化，要捕捉到某一瞬间的形象，本身就十分困难。即使成功地捕捉到并表现出来，就真的可以说是那个人的形象吗？"这样想来，如果说肖像画只是单纯的像快照一样的东西，那么也许通过长期的技巧练习是可以完成的，但是如果把它看作一个活生生的人的写照，那可能永远无法完成。也许，在这一点上，日本画或者讽刺漫画中的肖像更胜一筹。就算没有到那种程度，比起那些连一根睫毛也不放过，仿佛在金属制的脸上涂抹珐琅一般生硬的肖像，后期印象派以后画作中的人脸虽然样子奇怪，但至少方向是对的。沿着这一思路继续推而广之，自然就会落脚到立体派、未来派等主张和理论吧。

自然界中的对象是不存在完成这一状态的，因此，要捕捉到它，并以此"完成"一幅画，其中必有某种魔术玄机。不仅仅是人脸，静物也好，任何东西也好，如果把轮廓画得过于清晰，画就会变得僵硬，反而失去了真实感。如果把凌霄花的叶子画得片片分明，给人的感觉就像是涂了油漆的铁皮工艺品。我觉得这是因为我技巧拙劣，但令我意外的是，在大师的作品中，也往往存在这样的问题。相反，故意把轮廓画得潦草，反而能让画面具有活力，暗示运动或远近之感。我觉得这确实是一种心理现象，从科学的角度比较容易解释。同时我也感觉，一般意义上所讲的素描的谬误，笨拙甚至难看的东西，都是绘画的必要因素，这一论题似乎可以找到较为确切的根据。魔术的玄机也许就隐藏于此。

塞尚似乎也在寻找这一魔术的玄机。但是贝尔纳[1]却说，他的理论和目的互相矛盾，因此终其一生也没有完成。塞尚上百次地面对同一"静物"，那种心境我一直没能理解，但是当我画着自己的自画像，总也画不满意的时候，突然想到，塞尚

---

1 埃米尔·贝尔纳（1868—1941），法国后印象派画家。

一定是清楚地看到了一个个"苹果的脸"。我认识的一个人能够分辨麻雀的脸，而这位画家的眼力更敏锐，在他眼中，一个个水果都有了生命，它们的脸纷纷要逃离画家的视线，令画家烦恼不已。于是那些棱角分明的苹果就这样诞生了。

我一边想着这些事情，一边每天热衷于看画作画，渐渐地，不仅是自己的脸，我面对的每一张脸，都变得不再立体，而是像画布上的画似的。与人聊天时，我会忍不住去留意对方脸部的阴影和光线。有一天晚上，我盯着电灯光下女客人的脸，她的脸色很美，脸颊和额头的亮部像是涂了未干的颜料，让我非常在意。而且，那发亮的部位会随着脸部的运动发生各种变化，我看得出神，不止一次错过了对方说话的内容。在那之后，有一天，我和K君去青山的墓地散步，看到树冠上的嫩叶明亮耀眼。当我留意观察树冠的色彩时，想起了这件事，于是讲给K君听。K君对我说了如下这番话。龚古尔[1]的小说里写过一位女演员退隐舞台，嫁给了某位贵族之后，又开始怀念原来的生活。小说最后有一个场景，她看到丈夫生病痛苦的样子，马上就当着丈夫的面，对着镜子温习他的动作。丈夫见状便说："你是艺术家，无法拥有爱情。"然后把她推开了。K君说他读到这里时觉得太不自然了，但是听了我刚才讲的事

---

[1] 19世纪法国小说家。——译者注

情，又觉得小说里的情节并非不可能发生。如果只考虑这些特殊情况，那么实际上世间那些攻击纯粹艺术，指责其会对人伦造成颓废影响的人，他们的说法也并非没有道理。然而，这些有违人伦的艺术家所创造的艺术本身，却未必全都有害。换句话说，这样的艺术家以及与其极为类似的科学家，他们本身是极端的利己主义者，但有时候从结果来看，他们是为了多数人的利益牺牲了自己。这种情况下最终获益最大的，也许就是那些鞭挞这些牺牲者尸体的形式主义学者和牧师。思考这些的时候，我又想到另一个很难回答的问题：那些热衷于赚钱而背信弃义的人又如何呢？

每天摆弄同一张脸，有时也会刚好触及要领。比如有的地方总觉得不对，但是又说不出问题出在哪里，碰巧改过来的时候，那种感觉很奇妙。就像乐器的琴弦终于调准，或者机械上难拧的螺丝终于拧上一样，肩膀也不酸了，感觉浑身舒畅。

这样画好的地方，我就不太敢再去动它。而当我不管不顾地落笔时，就有一种英勇冲锋之感。但是这样做了之后，手往往会变得僵硬，于是就会气馁，失败。如果不在乎进步，安于现状是最安全的，这也与所谓的处世之道暗合。

于是，第四幅自画像也最终没有完成就放弃了。第三幅像第一幅，面目可憎，第四幅却像第二幅，温和宽厚。就像双重人格者的甲乙两种性格轮流出现一样。

接下来我想画一画侧脸,于是找出两面镜子,从侧面画了轮廓,结果画出来的侧脸令我感到很意外。首先,鼻子比我想象的高得多,而且向前突出,令人厌恶。其次,额头狭窄,下巴瘦削,后脑勺向外突出,真是一张奇形怪状的脸,有点像罗伯斯庇尔[1]。总而言之,我很难把自己的正脸和侧脸联系到一起。以前在照相馆的相册上看到陌生人的脸,也曾有过同样的经历,但是我未曾想过会对自己的脸有这样的感想,毕竟从出生到现在,这张脸已经在我肩膀上长了四十余年。

由此想来,如果刑警通过正脸照片搜寻罪犯,很有可能会看漏侧着脸从眼前经过的罪犯。有些情况下,也许抽象的人物画像反而更保险。又或者,漫画家创作的鸟羽绘[2]才最有效。因为高明的讽刺画比实物本身更能体现实物的整体特征。

我以前就有一个与此相关的疑问。人类的脸往往长得像动物,反过来,动物的脸也会让我想起某个人。实际上确实有人长得像骆驼,有人长得像鹈鹕,甚至还有人长得像河豚、鳝鱼、螳螂、海马,等等。以前的《斯特兰德杂志》(*The Strand Magazine*)[3]上曾用各种动物的彩色照片来比拟各色人物,非

---

1 18世纪法国大革命时期政治家。——译者注
2 鸟羽绘即大津绘,浮世绘分支,约在江户时期的京都与大津地带产生的民间绘画。
3 曾风靡于英国的月刊杂志,由短篇小说和大众兴趣文章组成。

常形象。有个外国人说他每次看到日本相扑运动员的脸,一定会联想到某种动物,而那个人自己的脸,也像某种走兽。列宾[1]笔下托尔斯泰的脸,怎么看都是狮子脸。

这样看来,我们看人脸时在大脑中形成的图像,绝不是欧几里得几何图形,而是由少数项目组成的多种排列,形成各种脸的印象。其中若干主要项目的组合决定着"相似"性,只要这些具备了,剩下的排列情况都无关紧要。要分析这种主要的组合,是相当有趣但又困难的问题。为了记住布满天空的星星的位置,可以适当地用直线把星星彼此联结,组成各种星座。一旦这样记住之后,无论什么时候去看,都会感觉构成星座的几颗星是一个整体。看到大致相似的点的排列,即便实际上是歪歪扭扭的样子,还是能一眼认出。我们对脸的记忆,大概也与此类似。星座的连线方式是任意的,但是人脸的排列方式似乎是必然的,而且是全人类共通的,这又是一个不可思议的问题。

各种学问,特别是关于精神方面的学问,虽然说是探究事物的真相,但仔细想想,似乎很多时候,我们其实并不了解事物本来的面目,只是做着类似于画像的工作。但是,这些不完美的"像"对人类非常有用,以此才建立起了今日的文明。想

---

[1] 俄罗斯 19 世纪后期至 20 世纪初期杰出的批判现实主义画家。

到这些，我就感觉很奇妙。当甲乙二人的画像彼此不同，却都坚称自己的画才是"正确"的，这倒无可厚非，但如果最终不愉快地吵起架来，就不太好了。毕竟在物理学里，相对论都已经得到承认了。

不管怎样，侧脸我先不画了，这次决定在写生板上一气呵成地画一张正面人像。因为刚被折磨了二十天，所以想稍微换换心情。这次我不管像不像，放开胆子去画。才两天，就把脸画好了。让我意外的是，反倒是这一幅，脸最生动，看上去最有艺术感。还有人说，这是迄今为止最像我本人的一幅。我还觉得没过瘾，又觉得自己真蠢，在之前的画上纠缠那么久。但其实，也可能是通过之前的画获得的经验，在这次写生的时候奏效了。

把第一幅到第五幅摆在一起看，每张脸都各不相同，它们都是偶然的产物。要从这偶然的队伍中捕捉必然，并不容易。也许每幅画的共通之处，只是都有两只眼睛这类抽象的特征。当然，也许人脸每天的样子本身就是偶然形成的。

人的脸每天都在变化，如果顺次追寻其历史，可以一直追溯到婴儿期，得到一个"连续"的变化过程。但是，除非是看着一个人长大，否则给一个陌生人看此人小时候的脸和现在的脸，要科学地论证二者是否属于同一个人的话，其实是很困难的。即便是在同一屋檐下生活了几十年的父母，要"证明"孩子没有在半夜被人调包过，恐怕也会犯难吧。因为一个人就连自己都无法完全掌握小时候和现在之间的联系。只是我们很少需要做这样的"证明"，所以才能放心地生活。但是，比方说，孩子刚生下来就和父母分开，三年后重逢，那么父母还能在严格意义上确认那就是自己的孩子吗？幸运的是，世上很少要求逻辑证明，取而代之的是权威的证言，来让事物得以畅通无阻地发展。

画自画像屡屡受挫的过程中，我居然思考了这么多事情。把这些思考复习记录了一遍，发现有些东西其实挺无聊的，但是其中也有些事情，是值得进一步深入思考的。

大正九年（1920）九月，《中央公论》

绪言

孩童时，除了学校的课本，最早在家里只能读所谓的"战记作品"。比如《真田三代记》《汉楚军谈》《三国志》等。这些书人情味淡薄，我却读得很入迷。之后读的书就有点人情味了，比如《西游记》《椿说弓张月》[1]《南总里见八犬传》[2]等。亲戚家里有一本危险的书，是为永春水所写的，名叫《春色梅历春告鸟》[3]。我也曾像偷食禁果一样，偷偷看了一部分。另外，我还读了歌德的《列那狐》，当时才开始引进到日本的格林兄弟和安徒生的童话，还有《一千零一夜》《鲁滨孙漂流记》等。这些故事，有的是在当时的少年杂志《少国民》

---

[1] 日本江户时期著名畅销小说家曲亭马琴的代表作，由葛饰北斋作插画，讲述的是镇西八郎源为朝前往琉球、开创琉球王朝的故事。书中引用了大量中日古代文学著作的典故，三岛由纪夫曾在1969年改编成歌舞伎作品搬上舞台。

[2] 江户时期戏作文学代表作，日本古典文学史上最长篇的巨著，作者为曲亭马琴。由于这套作品的高知名度，后世有不少以其为基础的改编作品，包括衍生文字作品、电影、电视剧和动漫。

[3] 《春色梅儿誉美》是日本江户时期人情本代表作（人情本主要描写町人的恋爱故事），又称《春色梅历》，简称《梅历》，作者是为永春水，书中插画由浮世绘师柳川重信、柳川重山所画。剧情描述花心的美男子丹次郎遭人陷害落难，后在未婚妻阿长和情人米八的帮助下证明了清白。

《日本少年》上读的翻译,有的是读收录于英语教科书中的原文。当时最具西洋风情的清新作品,像《经国美谈》[1]《佳人奇遇》[2],我也非常爱读,甚至能够背诵。在那之前,学长读的书,像坪内逍遥的《当世书生气质》等,也向当时的乡下中学生传播了新的梦想。宫崎湖处子的《归省》[3],让当时的青年领略了别样的文学世界。另外,民友社出版的《克伦威尔》《约翰·布赖特》《理查德·科布登》等一本正经的人物传记,也常见于中学生的案头。同时,还出现了《国民小说》《新小说》《明治文库》《文艺俱乐部》等纯文艺杂志。幸田露伴、尾崎红叶等众多新锐作家有如昴宿星团熠熠生辉,山田美妙如彗星一般出现又消失,以樋口一叶为代表的众多女作家百花齐放。外国文学方面,当时流行的有华盛顿·欧文的《见闻札记》、雨果的《悲惨世界》,虽然我英文不怎么好,但还是找到英文的节译本,断断续续地读了。进入高等学校以后,夏目漱石先生教

---

[1] 矢野龙溪,明治时期著名作家、自由民权运动活动家,他的创作体现了日本近代启蒙文学的特点。政治小说《经国美谈》为其代表作,借用古希腊历史题材,表达确立民权、振兴国家的主题。

[2] 《佳人奇遇》是明治时期政治活动家、政治小说家东海散士的代表作,体现其政治理想和对人生、社会的体验,审视日本现实。在艺术表现上,《佳人奇遇》的特点是高雅华丽的汉文体和诗化倾向。

[3] 宫崎湖处子,明治时期小说家、宗教家。他十分景仰陶渊明,《归省》是其以散文风格融合新体诗写就的一部小说。

过《一个吸食鸦片者的自白》[1]《织工马南传》[2]《奥赛罗》等，当然他也只是挑了一部分来讲。我从那时候开始跟着漱石先生学作俳句，但是并没有很深入。

青少年时期接受的文学教育，我只能想起这些。之后三十多年，偶尔也会读文学作品，加起来数量大概也不少，但是给我留下深刻印象的不多。日本作家中，除了夏目先生的作品，还有国木田独步、谷崎润一郎、芥川龙之介、宇野浩二[3]和其他几位作家的若干作品。外国作家中，有托尔斯泰、陀思妥耶夫斯基的作品，契诃夫的短篇。最近看的作品中，有

---

[1] 英国散文家、文学批评家托马斯·德·昆西（Thomas De Quincey, 1785—1859）的代表作。

[2] 英国小说家乔治·艾略特的名作。

[3] 宇野浩二（1891—1961），日本小说家，代表作《仓库里》和《苦恼的世界》奠定其在文坛上的地位。

本涅特[1]、阿道司·赫胥黎的短篇。

  以上都是我的个人经历,读者想必毫无兴趣。之所以花这么多篇幅写下来,是因为接下来要写的是非常特殊、狭隘而片面的文学观。我觉得有必要在向读者的法庭做出这番供述之前,先提交这样一份参考资料或者"预审笔录"。

  还有一点需要申明,我的职业是科研工作者。如上所述,少年时期沉迷于阅读童话文学、小说戏剧,但同时,我也收集昆虫标本、制作植物腊叶,用啤酒瓶生成氢气打算制作"唱歌的火焰",却不小心导致爆炸,还制作幻灯仪器和电池,最终也没能成功。从中学升入高等学校时,我毫不犹豫地选择了科研作为自己人生的方向。现在仍然觉得,这条路是我的不二之选。对于那时的我来说,文学只不过是被动享受的对象,而为了让自己将来过上主动的生活,科学领域才是最合适的世界。

  大学毕业进入大学院以后,我开始就自己的研究题目进行所谓的原创研究,步入真正的科研生活。也是在同一时期,因为偶然的机缘,我在文学创作方面有了初步的体验。现在回想那时候的心境,仍然觉得很充实,完全沉浸在生命的喜悦中。当时家庭遭遇各种不幸,令我的内心痛苦而又疲惫,但至少在

---

1 阿诺德·本涅特(1867—1931),英国小说家、剧作家,代表作《老妇人的故事》入选由美国兰登书屋评选的20世纪百大英文小说。

我心里，有一个跟这些毫不相干的世界，好像只有那个世界才是最重要的、唯一有意义的世界。在那个世界里，只有"创作""产出"才有意义，那是唯一的生活道路。每天都应该有所"创作"，有所"产出"，否则就是虚度光阴。当然，这其中肯定伴随着肤浅的虚荣心和功利心，这是年轻的时候很难避免的。但除此以外，纯粹的"创作的欣喜"也让我本不强壮的身体产生了紧迫感。对当时的我来说，科研工作是一种创作，同时，写小品文或者散记，无论内容多无聊，都离不开观察、分析和发现。在这一点上，写作与科研类似，也是研究性思索的路径之一。

之后将近三十年的生活中，我的思想也发生了很多变化，但是，这种过去历史的影响，可能会一直纠缠我，直到生命结束也无法摆脱。

总之，我只是一个拥有上述经历的个人，在此如实地写下把"文学"和"科学"对立起来看待时的各种感想，呈现给本讲座的读者。我觉得这件事并非毫无意义，所以才接受编辑的建议，写下这篇拙作。我只想提供一点微薄的参考资料，没有任何其他意图。这既不是论文，也不是教科书，只是一篇想到什么就写下什么的随笔。文学工作者书写的文学论、文学观有很多，但是科学工作者书写的文学观相对较少，或许本文可以成为他山之石中的一片碎石。这就是我说给自己听的写作理由。

作为语言的文学与科学

文学的内容是"语言",是用语言书写的人类思维的记录或预言。没有语言就没有思维,文学也会随之消失。反过来说,虽然并不是所有用语言表达出来的东西都是文学,但它们都可以作为资料,纳入文学中。孩子的只言片语、商品的广告语、法律条文、几何定理的证明都是如此。毕达哥拉斯定理的证明就在某部小说里出现过。

这里所说的语言,就是字面意思的语言。虽然也有人说,绘画雕塑、音乐舞蹈等都是用各自的"语言"书写而成的,是文学的一种,但是我在此并不打算把这些考虑进来。

作者头脑里的腹稿,无论构思得多么详尽,都不是文学。就算把它讲出来,拥有一定的听众,仍然不是文学。文学必须是用能够阅读的符号文字"记录"下来的东西。用象形文字也好,速记符号也好,无论是写在黏土板上,还是写在莎草纸上。换句话说,文学是一种"实证性的存在"。比如,甲某在去世前构思的小说非常出色,这种话是没有任何意义的。

从实际作品的创作心理来看,作者并不是机械式地将思想的内容转录成文字,而是纸上文字所体现的行文惯性与作者的头脑发生反应,勾出作者的潜在意识,这是凭空思考绝对无法做到的。这些意识用文字表达出来之后,又会再一次作用于作者的头脑，激发新一轮思考。这就是实际的现象。这样的创作者心理，同时也必须是阅读这部作品的读者的心理。到某一瞬间为止，读过的内容所产生的积分效应作用于读者的大脑，让读者意识底层的某种东西开始模糊地浮现出来，再借由下一句话的力量，将其拉到意识的表层，用强烈的闪光照亮。如果做不到这一点，作品就没办法让读者保持注意力和紧张感，吸引读者读到最后。而读到优秀作家的杰作时，仿佛作家的心理活动总是与读者循着相同的轨迹，但始终领先读者一步。"好看得叫人忘记呼吸"，说的就是这种情况下读者紧张的内心活动。读者会拍案称快，因为渴望的东西恰好在渴望的瞬间呈现在自己面前。

这种现象之所以能够发生，是因为人的心理活动，或者语言的运用，存在一定普遍的法则或逻辑。虽然作者未必能意识到这些法则或逻辑，但至少他们遵循这种未知的无意识的法则，进行着技艺精湛的实验演示。因为遵循了法则，所以相同的现象过去发生过，未来仍然会发生。如此说来，作品既是一种记录，同时又起到预言的作用。

"疯子的文学"在我们的文学语境下是不可能发生的。这是因为它遵循的是疯子的思维法则和逻辑。那些法则不具有任何普遍性。这反过来也成为定义疯子的一个条件。

仔细想想，科学的内容，最终的落脚点也是"语言"。当然，人们日常所说的科学是个笼统的概念，其中包括了如收音机、飞机、紫外线疗法等事物。但这些只是科学的产物，应该与科学本身区别开来。另外，充斥在通俗科学杂志页面和卷首插图里的大部分内容，都是科学商品的广告宣传，就像科学界的社会新闻一样。学问是人类智慧的作品。科学作为学问的一部分，也必须是用语言写下来的记录或者预言，必须在我们这个世界上具有普遍性。

科学必须用文字记录下来，让任何人都能够阅读，否则就不是科学。某学者记录下一个大发现，但是没有正式发表，这种无法证实的事情，虽然可以成为新闻报道，但对科学界而言，等同于不存在。甲某虽然从未发表过任何文章，却是一位伟大的学者，这样的传说就像幽灵一样。在判断一个学说能否经得起大众的审视和批评之前，首先必须让它具有大众能够阅读的形式。

科学论文的作者，只要虚心诚实，想必都会有这样的经历：如果还没把研究成果写成论文并修改完毕，那么这项研究就不算完结。在实际动笔之前觉得胸有成竹，一旦开始写，就会发现动笔之前没有注意到的疏漏和不足。为了弥补这些不足，常常要进行辅助性研究。还有的时候，在脑袋里思考时觉得自己的推论无懈可击，可一旦化为眼前的白纸黑字，变得客观之后，就会意外地发现疑点，不得不从头开始重新思考。这样的情况也绝不在少数。因此，作者必须站在读者的角度，对自己写的东西进行批判，设想读者可能产生的疑问，然后试着回答。论文经过了如此充分的推敲之后，同行的读者阅读时，就仿佛亲身经历着跟作者一样的经历，和作者一同推理，一同思考，一同解释，最后得出跟作者一致的结论。这时候，读者就会认可作者所讲的内容是真实的，结论是正确的。换句话说，这篇论文既是记录，又是预言。

实际上，比方说一个优秀的物理学者就某个研究题目，设计出独创性、试验性的方法，按部就班地展开研究。如果把这一研究过程如实地记录下来，同行的读者读了，就仿佛被手把手地带到他们想去，但是仅凭一己之力又难以到达的地方。读优秀的理论性论文，也常常会产生类似的感觉。不过，如果读者的思想水平比作者低很多，那就很难对其著作的必然性产生认同，也就无法体会其中奥妙，不会受到感动。然而，这一点对文学作品来说也是一样的，就像美国的股票经纪人不懂芭蕉的俳句。

科学作品，也就是论文，现实中真正有能力做出批判的人少之又少。对于这少数值得信赖的批判者的批判结果，其余的大多数人只能原封不动地采纳，他们了解的，也只限于论文的摘要和结论。就像很多人虽然不懂芭蕉的俳句，却知道芭蕉的俳句中哪句写得好，能够引用或赞扬。也有相反的情况。名声显赫的所谓大家，偶尔信笔写下一派胡言，竟能广为流传，不仅报社记者，甚至一些学者仿佛都相信那是杰作，是世界性的大论文。类似的事情在文学界也时有发生，只不过，对于这样的"错误"，文学很难在事后加以证明，科学却可以清楚地指正，在这点上二者明显不同。

作为语言的科学，它和文学的一个重要差别是，与普通日常的语言不同，精密科学的国度使用的是特殊的语言，那就是"数学"的语言。

数学世界里的各种"概念"都是一种语言。只不过与日常的语言不同，每一句话都经过精挑细选，有着定义明确的内容。而且，这些语言的"语法"也有着非常明确的限定，容不得半点含糊。所以，只要给出一个命题，接下来的"文章"就自然而然地确定了。从这个意义上来讲，数学似乎可以说是一种"自动写作机器"。但是，事实并非如此简单。用数学的方法研究物理现象时，数学是他山之石，如何使用，很大程度上受到使用者个性的影响。正因为如此，探讨同一问题的数学物理学论文，不同的作者会呈现不同的内容和结论。从一开始对问题的理解，到计算过程中的假设和省略，都会一点点地把作者引向各种不同的结论。而且有可能这些论文互相鼎立，每一篇都合乎逻辑。孰优孰劣，取决于作者主观选择的问题构成方式及其解法。判断优劣的时候，也可能因为评委的个性不同，而出现

众口不一的情况。

文学也一样，比如，要根据某段史实创作一部戏剧，因为作者的个性差异，作品可能千差万别，而且每一部都可能是杰作。当然，文学创作的千变万化，是物理学论文无法比拟的。

物理学中用到的一个最重要的数学工具是微分方程。这个公式用来计算物理学中各种量之间的相互关系，不仅如此，它还可以用导数表示当一个量发生微小变化时，其他量随之变化的变化率。微分方程的一个显著特征是，方程本身并不能决定任何具体的问题。换句话说，微分方程包括了各种各样无限的问题，同时又代表每一个问题。因此，除了方程本身以外，还要赋予它多个（根据情况不同，个数也不同）表示边界条件和初始条件的公式，一个具体的问题才能成立。问题成立的同时，至少在理论上，这个公式的解已经确定，学者只要转动数学这台机器的把手就好了。这是一种理想的情况，实际当中，如果方程难解，就需要进行各种假设，在"合理"假设的基础上，进行各种"省略"。这是一个选择的过程。如何选择，并没有普遍的单一的标准，而是根据学者的学术常识、内察和直觉，总之，严格意义上讲，它是非科学因素综合作用的结果。当然，学者会在最后回过头来验证当初的省略是否妥当，有时候可以在一定程度上做出实证性的判断，但也有很多时候未必如此。

微分方程是对自然现象的描述。对其本质及作用进行这样一番思考之后，再反观文学世界，试图寻找某种相似之处时，我仿佛看见各种模糊的类推的幻影在眼前摇曳。

假如说，有一种东西可以称之为人类思维法则，那会是什么样的东西呢？如果一定要回答这个近乎无意义的笼统的疑问，我觉得联想上述的微分方程也许是一个思路。

首先，举一个最简单的例子，试想气温和人的感觉的关系。即使其他气象因素全部相同，人在某一瞬间的感觉也不是单纯地由那一瞬间的气温决定的。温度在上升还是在下降，又以怎样的速度上升或下降，速度是恒定的还是变化的，如果在变化，又是怎样变化的，其变化与时间成何种比例，所有这些因素叠加在一起，让人的感觉变得多种多样。如果与温度相关的感觉可以用若干个变量的数值来代表，再用若干个微分方程给出这些数值与气温的关系，这样就可以给出人类对气温的感觉的法则。但是，实际情况肯定不像这样简单，人们的感觉不仅受到与气温共存的湿度、气压、风速、日照等因素的影响，还会因为人们在那个瞬间以前的所有物理、生理、心理经验综合起来的无限多元的排列组合，而表现出无限多样的变化。再举一个复杂许多倍的例子，比如人在面对所爱之人的死亡时会如何感受，如何反应，如何行动。这种情况下，不仅没有办法将这些情绪和行为量化，就连与之相关的决定因素及其条件，也没有一个在物理方法所能解决的范围之内。

尽管如此，我们还是可以根据上述考察做一个有趣的假设，即人类思维的法则、情绪的法则这样的东西是存在的，并且由不为人知的微分方程决定。我们虽然没有意识到方程本身的存在，但是我们知道这些法则适用的各种具体场景的一个个特殊的解，尽管这种了解非常片面。然后，我们会对方程本身有一种模糊的预感。现在假设有一位超人掌握了这些方程的全貌，并且插入各种可能的边界条件、初始条件，求出了方程的解。然后假设他把问题、解决方法和结论用我们能读懂的语言记录下来，展示给我们。那么可以说，通过读这份记录来了解人世间的现象，就类似于通过读理论物理学论文了解自然界的物理现象。

但是，这样的微分方程，至少现在是我们做梦都难以想象的。不过，在这个方向上的初步探索，并非没有可能。

物理科学在达到今天的状态以前，也就是在发现法则并用数学公式表达出来之前，我们只知道一个个具体情况下的算式。然后，我们查验过去所有的具体情况，或者进行"实验"，人工模拟各种情况，整理、排列这些经验和实验的所有结果，最后加以归纳，才抵达法则的入口。

能否把文学看作这个意义上的"实验"？这是接下来产生的疑问。

作为实验的文学与科学

比如，在能量守恒定律建立之前，人们已经就这一问题进行过无数的实验性研究。通过观察钻炮膛生热的现象，人们开始怀疑热能和机械能的关系。然后，人们做过各种各样的实验。起初是拼命地晃动烧瓶里的水，发现水会变热一点儿。后来开始对热的机械当量进行量化。再后来，无论是电，还是光热，或者化合热，电子、质子等一切物质的能量都可以用相同的单位来测量。走到这一步所做的实验，无论种类还是数量都非常庞大。

发生在我们周围的现象，无不遵循人类心理的规律。但是这些现象太过复杂。单靠观察它们，是很难发现规律的。毕竟，环境条件太过模糊，令人无从下手。于是，我们尝试各种思想实验。例如，让一个拥有虚无思想的大学生杀死放高利贷的老太婆。然后让镇上的女人、侦探等各种被选择的因素在其中发生作用，观察大学生主人公会做出怎样的反应。这是一个实验。不过，这种情况下，实验室在小说家的头脑中，实验对象也并非实物，而是大学生、少女、侦探等抽象模型。这些模型存在于所有人的大脑中，但只有优秀的作者，才能让他们发挥和现实中的对象一样的作用。读这些优秀作者的作品时，我们就会领悟到，主人公的一切行为都遵循着不变的法则，朝着必然的方向发展。所谓"命运"，不过是"法则"的别名。

或者，假设有一部作品忠实地进行了这样一个实验：一个少女在青春期以前遭人强暴，当时其心理急剧变化的结果，化为热烈的宗教信仰表现出来。就这样，她过着最纯洁的尼僧生活，却因为某天早晨被一个无聊的坏蛋哄骗，堕入最悲惨的黑暗生涯。读者读后就会领悟到：她身上具有某种不变的能量，在不同的环境中，这种能量会呈现出不同的样貌，引导她的命运。

就这样，作者把某个特殊的人物放进试管，注入某种特殊的试剂，或加热或冷却，或放进电磁场，或照紫外线、X射线，或进行光谱分析。然后，根据"实验对象"对这些条件做出的反应来探知问题的本质，与此同时，收集必要的资料，用于归纳这些环境因素的共性特征和作用。但是，因为与物质和

物质能量的情况不同，对象的一切都在作者的头脑中，所以作者必须具备最敏锐的观察、分析和综合的能力，不然这些实验注定会以失败告终。

然而，这样的实验是有可能完成的。从古至今所有杰出的作品都证实了这一点。莎士比亚、陀思妥耶夫斯基、易卜生等作家，都把人物丢进生死攸关的重大抉择中，就像观察实验笼里的小白鼠一样观察人物的反应。还有像契诃夫这样的作家，通过日常生活中的人物行为，挖掘人性的真相。如托钵僧一般的俳句诗人芭蕉，只用十七个日语假名，就描述出关于自然与人类交互感应的实验结果，以及由此获得的"发现"，令人惊叹。

由此想来，几乎所有类型的文学都可以看作是不同形式的实验。

打着写实主义、自然主义旗帜书写的作品，并不需要额外添加注解。这些作品甚至已经成为心理学家的研究资料，被引用在他们的论文中。

即便是那些乍看上去并不写实、自然的文学作品，仔细想想也不失为一种实验。

哪怕是描写神话世界的故事，剥去出场人物的假面，就会发现他们也不过是凡人。故事只是对人类性情的某个部分稍加变形，或夸张，或剪除，由此创作出人物，投入对现实的可能性稍作延伸的环境条件中，看看会发生什么。无论是琉善[1]《真实的故事》中的天方夜谭，还是梦想兵卫的《梦物语》，抑或是威尔斯的科幻系列，都是这样的故事。所有的童话故事都是如此。所有的新闻讲谈、滑稽剧，乃至阿里斯托芬的喜剧，也都是如此。故事能带给人们喜怒哀乐，这是只有在实验揭示了自然法则的时候才会发生的现象。契诃夫或者卓别林的作品揭示的法则稍微复杂一些，让我们"笑中有泪"，而芭蕉的"寂静闲适"，则又进了一步。

从形式的角度，按照叙事和抒情对文学进行分类，既妥当又方便。但是，从实验这一特殊角度来看，这样的分类没有太大意义。

人们一般认为，诗歌是抒情文学之最，把作者全部的主观感受如实地表达了出来，但是从理性的旁观者角度来看，还是可以把它看作是一个实验。与其他情况稍有不同的是，这种情

---

[1] 琉善（约120—180），罗马帝国时期以希腊语创作的讽刺作家。

况下，作者本人变成被实验的物质或小白鼠，跳进试管、坩埚或者笼中，经受炙烤或折磨，然后把这些经历歌唱、呐喊着记录下来。或者说，作者是被实验者的朋友，或是千百年后同情他们遭遇的人，然后代替他们本人，要么被他们附身，要么附在他们身上，歌颂悲喜。比如，我们可以把自己失恋的经历写成一首诗，同时，也可以创作真间手儿奈[1]或维特的诗。

　　侦探小说实际上也是一种实验文学，不过，它和其他文学的区别在于，作者会先把某样东西隐藏起来，实验的目的就是为了寻找这样东西。在这个过程中，读者充当着助手的角色，推进实验的进程，最终找到隐藏的答案。侦探小说就像藏宝图。另一方面，科学家将某项发现的经过如实记录下来而写成的论文，往往比上乘的侦探小说更像侦探小说。实际上，科学家必须是名侦探。平庸的侦探总是会关注那些错误的线索，结果放走了真正的罪犯。名侦探则不会被任何谎言或伪装所迷惑，他会紧紧抓住实证的链条，犹如命运之神，一步一步地逼近目标。但是，实际的侦探小说，往往并没有揭示出具有足够必然性的实证链条，很多时候只是看似合理，实则漏洞百出。换言之，侦探小说虽然也是实验，但有很多是糊弄人的。对巧思的过分追求，难免让情节变得牵强。但是，如果读者不容易发现这些

---

[1] 日本古诗集《万叶集》中记载的女性人物，因为追求者众多而烦恼，最后投河自尽。——译者注

漏洞的话，那么至少暂时可以达到目的。也就是说，只要利用读者的错觉和认知不足，让读者入迷就好，这一点跟魔术戏法是一样的。这样的侦探小说有别于真正的"实验文学"，可以说是另立门派了。反倒是那些并非虚构，而是如实记录真实事件的侦探故事，作者或讲述者无意中会暴露真正的人性秘密。至少从现在的立场来看，这样的东西当然可以称作实验文学。同样的道理，法庭上各种刑事案件的忠实记录，比某些拙劣的小说更能揭露真实的人性，也更能触动读者的心灵。

这样想来，所有忠实的记录在文学世界中所占的地位及其意义，就成了接下来的问题。

作为记录的文学与科学

　　史实难以脱离文学而独自存在。除了单纯的年表，所谓的史实往往是经历史学家之手，作为一系列符合逻辑的事件记录下来的。这种情况下，归根结底，不过是历史学家的"创作"。"日本历史"这种东西是不存在的，存在的只是某某某的"日本历史"。因为必要环节的缺失，史学家很多时候只能通过推定和臆测，将实际关系并不明了的事件联系在一起。因此，所谓的历史，作为真正意义上的记录而言是相当不可靠的。即使是最近发生的事，要传递其真相都绝非易事。比如说，麦金莱当选美国总统后，土豆价格暴涨，于是威斯康星州的农民把涨价归因于这次选举的结果。但实际上是因为产地干旱。最近报纸上有一则报道，妻子因为丈夫一个人吃豆腐却不给她吃而自杀了。历史虽然不至于如此夸张，但是可以想象，其中恐怕有不少与此类似的内容。

　　另一方面，历史通常是王者、胜利者和统治者的历史，作为人类的历史存在诸多不足。人类的历史只是偶然穿插其中。仅仅阅读历史，我们只能非常模糊地窥见祖先民族的生活和心理。

　　弥补这一缺陷的，首先是个人的日记、随感录之类的东西。这类文本受到后世的喜爱和尊重，也许未必因为它们是"文章"，

而是因为它们是"记录"。哪怕是一介宫女用稚拙的笔触写下的日记体文字,因为是忠实的记录,所以也具有实证性的价值,同时产生了文学价值。

其次是各种各样的故事小说。小说中出现的人物是否真实存在,其实无关紧要,因为由这些虚构人物所代表的某类人、小说中叙述的某类事件,是确实存在的。它比一切"史实"更为可靠,不容置疑。只要作品不是后世伪造的,这句话就是成立的。因为无论作者的想象力多么丰富,他都不可能伪造一个时代。一颗子弹绘出的弹道同时代表了其他所有可能的弹道,一颗行星的轨道代表了天体引力的法则,同样的,《源氏物语》中光源氏和葵上的行为,也代表了那个时代男女的生活和心理。在这个意义上,相较于中学的历史教科书、文化国大报的报道,《源氏物语》《落洼物语》这样的小说是更忠实的记录，更有用的实证材料。有趣的是，它们作为实证材料的价值，几乎与所谓的文学艺术价值是一致的。

历史循环往复，法则亘古不变。因此，记录过去也就是在预言未来。与科学的价值一样，文学的价值也取决于这种记录的再现性。

不仅如此，就像科学可以预报未知的事实和现象一样，文学也可以预想未来的人类现象。

过去的作家凭借丰富的想象力幻想出来的物质文明装置，有很多在现代已经实现。电灯、飞机、潜艇，甚至像坦克这种东西，早在欧洲大战以前，就已经出现在了小说家的想象里。市井的流行风俗、生活状态自不必说，不少优秀的作家凭借锐利的直觉，甚至能够预先洞察各种时代思潮。因为未来的可能性，不管在现在的凡人眼中多么荒诞无稽，其实都不过是对现在的可能性的微小延伸。人类永不满足的欲望，将这种可能性的外延不断地向外推，这个外延就像棉花糖一样不断膨胀。而拓宽这种可能性的，就是少数被选中的科学家和文学家。

作为艺术的文学与科学

如果说文学和科学都是广义的"事实记录"，是"预言"，那么就必然会产生一个新的问题：它和所谓的"艺术"是什么关系？换言之，这些记录和预言为什么可以是"美"？这个问题并不简单。但是，如果让一个极端的自然科学唯物论者厚着脸皮来说的话，也许可以这样想：凡是对人有益的东西，把它放在最能发挥其固有的功利价值的环境中，美就产生了。

这个观点本身并不新颖，所以即使我不举例说明，也不会对推进现在的考察造成多大的障碍。我在这里要讲的结论，就是建立在承认这一观点的基础之上的。

也就是说，文学要成为艺术，就必须记录对人有用的真相。反过来说，一切真实的记录都是艺术。无论是虚构的梦幻故事，还是多愁善感的抒情诗，都因为是真实的记录而有益，同时也是美的。讲到这里，想必多数读者至少可以在附加一定条件的基础上表示认同。但是如果我再进一步，说科学上的杰出著作都是艺术，恐怕很多人不会轻易地表示认同。但其实，这种观点并不是无稽之谈，不光是我，还有其他人也常常论述这一点。

举几个浅近的例子。法布尔的《昆虫记》、丁达尔的《冰河记》，这两本书的读者应该都会同意，书中的内容既是科学，又是艺术。达尔文的《物种起源》确实是一种文学。魏格纳的《大陆漂移说》比拙劣的小说更具艺术性。一个人如果能读懂某个科学国度的"语言"，那么无论是爱因斯坦的相对论原理的论文，还是德布罗意的波动力学的论文，都能读出无上的美感，这是无可厚非的。只不过，因为这些论文研究的是无情的物质与关于这些物质的抽象概念之间的关系，所以读者不会有那种可以用通俗语言表达的情感触动，但是并不影响他们了解真相后所产生的那份喜悦。

然而，因为文学和科学这两个名词是对立的，人们一直习惯于把二者截然分开，认为文学工作者不需要了解科学的方法和事实，科学工作者也不需要涉足文学的世界。

但是，我认为，这两个世界不妨彼此靠近一些，或者更绝对地说，必须让它们彼此靠近。

文学与科学的国界

科学的世界不讲人情义理，文学的世界里则充满了人情义理。但是，科学世界隔着国界线向文学世界传递的信息，会激发我们很多思考。

比如，昆虫的生活跟人类的人情义理没有任何关系，《植物社会学》教科书中的课文也跟人们的社会生活没有丝毫联系。但是，没读过这些的小说家和读过并细细品味的小说家，他们的作品势必会呈现出不同的面目。两个作者，一个理解热力学定律，一个不理解，他们处理同一事件的方法自然会有不同的展开。

用显微镜仔细观察花朵的结构，花朵的美就消失不见了，这种想法是毫无道理的偏见。花朵的美只会因此变得更加深刻。只有在学习了花朵的植物生理功能之后，才能充分体会花开的喜悦和花谢的哀伤。

　　随着人类文化的不断进步，文学也必须进化。科学常识不断进步，文学没有道理固守过去的无知。人类的文学不应该落后于人类的进步，文学工作者应该比科学工作者更像科学工作者。

　　另一方面，科学工作者也一直有个毫无理由的传统，那就是故意让那些由研究结果而得到的科学知识听起来高深莫测，仿佛如此便可维持科学工作者的纯洁与尊严。确实，要将物质世界的事实推及人类世界，"在逻辑上"是完全不可能的。但是，那些物质世界现象的知识，可以给人各种暗示，让人产生"联想"，这是千真万确的事实。比如，处理某个人类问题的时候，

本来假定只能有 A 和 B 两种情况，但是学习了某个物质世界的现象之后，你会忽然意识到自己忘记了还有 C 可能性的存在。这样的事时有发生。

错误的、不合逻辑的、似是而非的类推固然应该坚决反对，但是，作为这样的提醒者，科学在当今人们生活的方方面面，都起到了重要的作用。

这绝非偶然。总的来说，科学方法的基础，是一般人类悟性中固有且必然的各种法则，以及运用这些法则的一切形式。这些形式，早在古印度、古希腊，哲学家们就已经开始探究，然后经过漫长的哲学发展，逐渐被整理出来，锤炼而成。作为近代科学的基础被采纳和运用之后，又经过进一步的推敲和锤炼，如今已经形成了复杂而又秩序井然的一大系统，远超古人的想象。当然，这些方法在普通的科学教科书上并没有明确描述，只是蕴含在具体实例的处理过程中。比如，如果某个现象是很多因素共同作用的结果，那么对于该如何分析各个因素的影响这类问题，科学提供了各种各样的方法。从这些方法中去除所有具体的东西后，就会留下抽象认识的形式。科学上有很多实例表明，即便知道每个因素单独作用时的效果，也不能保证个别效果的总和就等于实际多个因素共存时的效果，因为还有可能是不同因素的乘积。这样的可能性在科学工作者看来是显而易见的，但是，世上有很多无视这一可能性的观点，还有很多基于此类观点写成的小说。

总之，人们思考事物的思维框架，早在科学出现以前就已经存在，并且经历了发展和分化。现在的科学只是在其一部分屋檐下发展起来的。但是，在科学的屋檐下发展而来的那部分的根源，仍然是人类固有的悟性法则。这些法则存在于科学出现以前，并且与科学的具体内容没有关系。

即便是因果律这样的理论，在科学历史上也经历了诸多变迁。有段时间，它跟佛教上讲的因果思想背道而驰，近来又有了显著的转变，反而有回归旧时因果思想的趋势。

总之，科学的基础包括广义上"看待和思考事物的方法"的各种抽象典型。对于科学对象以外的事物，它同样适用，实际上也被广泛使用。科学让我们想起这些，绝不稀奇，也并不奇怪。当然，看待和思考事物的方法绝不是唯一的，但这些方法常常是有益的，而且常被一般世人所忽视。

科学工作者习惯了从各种不同的角度看待事物，他们通过这些角度看待人类世界的现象，进而指出自己发现的种种可能性，提醒那些对此漠不关心的世人注意。这是科学工作者的分内之事，甚至可以说，是科学工作者所能做出的最有效的贡献。

但是，科学工作者的观点并不是独一无二的，他能做的也只是指出或暗示这些可能性。科学工作者没有义务告诉人们应该怎么做。这一点不该忘记,却又往往被人们忘记。

结合上述所说来考虑,科学工作者要想为文学做贡献,首选的一种形式就是随笔之类的文章。

随笔与科学

我想,科学和文学应该握手的领域便是随笔文学。

有一类文学作品,俗称科幻小说。比如,以前有儒勒·凡尔纳的《海底两万里》,近代有威尔斯的《时间机器》《世界大战》等。这些类似于科学预言的作品,通俗意义上是很有趣,但其实很少触及真正的科学精神。它们大多是用浮在科学世界表层的美丽肥皂泡缀成的美丽诗篇,通过陈列文明的利器以刺激外行人的好奇心,但是很少有作品能够加深人们对科学本质的理解,揭示科学和人生之间关系的新的可能性。科幻小说在形式上要求具有戏剧性的结构,因此需要使用各种不合理、不自然的情节,最终为了自圆其说,反而经常捏造出无法自圆其说的巨大谎言。因此,这类科幻小说,在科学工作者看来既无聊,又有可能导致外行人对科学产生重大误解。

与此相反,随笔可以如实地记录科学工作者用其固有的眼光观察事物和现象,以其固有的思维方式思考的过程。这样的作品中,有很多对科学工作者和外行人而言都是有趣且有益的,比如丁达尔的《阿尔卑斯纪行》,不太有名的科学家、文学家巴贝利翁的日记。日本人的作品有长冈博士[1]的《田园消夏漫录》、冈田博士[2]的《测候琐谈》、藤原博士[3]的《云的故事》《气象与人生》，还有我才看了一部分的入泽医学博士[4]新近出版的随笔集。这些都是只有科学工作者才能写出来的作品，作品中的很多内容可以启发人们，并且给人们的生活带去新的光明。据我所知，现在不为人知的优秀的科学随笔作家绝不在少数。但是现在，这种特殊的文学依然没有摆脱摇篮期，因为学者之间存在一个没有理由的误解，觉得在报纸杂志上发表文章是哗众取宠，而另一方面，报纸杂志的经营者和一般读者没有充分认识到此类文章的真正价值。然而我感觉，文学的这一分支在未来会有广阔的天地。

不仅仅是科学工作者写的随笔，在文学的世界里，随笔似乎历来也是一种很边缘的、微不足道的体裁。即使是现在，月刊杂志的编辑部仍会把随笔编入"中间物"这个类别，同咖啡馆的小道消息、殉情故事之流是同等待遇，与号称"创作"的小说、戏剧天各一方。这当然是从形式上做的分类，合情合理，

---

[1] 长冈半太郎（1865—1950），日本物理学家，提出了土星结构的原子模型。
[2] 冈田武松（1874—1956），日本气象学家，创立了日本近代的气象事业。
[3] 藤原咲平（1884—1950），日本气象学家，因发现"藤原效应"（又称双台风效应）而知名。"藤原效应"指两个热带气旋靠得足够近时，会围绕同一个中心做轨道运动，看上去就像在跳舞。
[4] 入泽达吉（1865—1938），日本著名医学博士，确立了日本的内科学。

不会有任何人对此提出异议。但是，只要稍微换个角度来看，就会发现这样的区分方式并不一定是唯一的。为了便于理解，不妨考虑一下最极端的情况。一边是题材老套、陈词滥调的小说，一边是传递了独树一帜的自然观、人生观的随笔，两者对比，显然后者更符合创作的要求，而前者不过是廉价的仿制品。

但是，所谓"创作"作品，往往要有合理的"情节"，有一个可以概括成几行摘要的故事。与此相反，被归入"中间物"的随笔通常没有明确的情节。不过，这一差别实际上并没有那么泾渭分明。创作栏目中，也有一些随笔式的作品，在内容上几乎就是描写身边琐事。反过来，有的随笔也描写一群人内部生活的细微交错，而且经过巧妙的夸张，比平庸的小说深刻得

多。比如，我最近在读森田草平[1]的《悠闲自得》，里面的两三篇体验记录在任何方面来说都是创作，内容上不比小说和戏剧逊色。当然，有人会说写自己的经历不能算"创作"，但如果是这样的话，我想现代日本文坛上流行的小说作品，多数都不能算是小说，也不能算是创作了。创作不等于虚构。问题在于作者在题材的处理上是否有独创性。不必说，歌德的《意大利游记》是创作，而那些低级小说其实并不能称其为小说。

这样想来，"创作"和随笔的区别，同其他很多"分类"的情况一样，是渐变的、不确定的。只不过，为了方便起见，把小说家、剧作家写的"多少不同于事实的作品"称为创作小说，而非小说家的作品，或者即使是小说家的作品，但写的是人们公认的"真人真事"，就归为随笔一类。

将这个观点进一步推进，最终似乎可以这样来看：所谓创作，是指虚构的作品，允许作者为了自圆其说而在一定程度上欺瞒读者；随笔则是作者的真实，至少是主观上的真实记录。我前面说过，文学作为一种艺术，其真谛是"人生的记录和预言"，在这个意义上，随笔比虚构类作品更能触及这个真谛，也更接近科学，甚至可以说跟科学殊途同归。

以上所说，乍看上去可能像在诡辩，但是我相信，如果读

---

[1] 森田草平（1881—1949），日本小说家、翻译家，夏目漱石门下"四天王"之一。

者能暂且放下成见，虚心省察，就自然会承认其中多少有真实的一面。

不管怎样，就目前而言，科学工作者如果不想自欺欺人，又想从事"创作"，应该采取的唯一的文学形式就是随笔。而且我相信，作为通往遥远的"未来文学"的第一步，这样的努力绝不是没有意义的。

作为广义"学问"的文学与科学

随笔对一般意义上的逻辑没有要求。即便有逻辑上的矛盾，也并不妨碍随笔是一种文学的事实。但是，即使是这种情况，随笔还是要有"非逻辑的逻辑"，哪怕是"梦的逻辑"也没有关系。如果连这个东西都没有的话，那就完全不值得一读。

"非逻辑的逻辑"，意思是指那些现在人们尚未发现、认识、分析、记述和命名的人类思维的规律。挖掘和认识这些规律，是未来可预见的广义"学问"的使命之一。无论是科学还是文学，都平等地朝着未来"学问"的最终目标蹒跚前行。

有人认为："无论文学还是其他艺术，都必须为社会经济发展做出直接的贡献。"相反，也有人认为："文学和其他艺术都必须为艺术而艺术。"这两种不同意见之间的交锋，在我看来是无意义的。对真实的现象进行记录、分析研究和系统化，使真正的"学问"得以进步，那么无论是在政治上还是在经济上，结果都必然会对人类有利。另一方面，对我这里所说的"学问"做出某种贡献，也是实现艺术之美的必要条件。那些乍看上去伤风败俗的作品，或者充满了病态情绪的作品，如果多数拥有健全理性的人能够多少看到其中的艺术价值，也只不过是因为作品中包含了"记录"和"预言"。"记录"是客观的事实，它跟科学一样，包含无限多被利用和滥用的可能。

当然，一切知识都有被滥用的风险。科学知识也是一样的。但是，整体来看，科学发展的初衷一直是为全人类谋福利。当然，现在也有很多人因为科学进步了，反而比以前更不幸。但是，这只是因为物质科学发展得太快，社会科学被远远甩在后面而滋生的矛盾和悲剧。现在的社会科学还要再科学一点，才能成为真正的社会科学。换句话说，因为关于人类心理的知识没有得到进一步科学的系统化和应用，所以产生了这些不和谐的结果。

我想，为这种系统化工作提供资料，也许正是未来文学的使命。

科普与文学

所谓科普，目的是用浅显的方式解释一些科学事实、规律及其应用实例，让一般读者也能读懂。其中，法拉第、亥姆霍兹、马赫、布拉格等人的作品就是很好的范例。之所以说好，是因为他们不仅讲科学知识，而且教给人们科学的思维方式，唤醒读者心中的科学精神。想要写出这样的作品，作者必须既是优秀的科学探索者，又是优秀的文学创作者。

上面列举的都是一流的科学家，除此之外，还有卡米伊·弗拉马利翁[1]、福尼尔·达尔贝[2]等对科普宣传做出过贡献的撰稿者。但是，在纯粹的科学工作者看来，难免觉得他们的作品在关键之处存在不足。

然而，我看到现在世界上传播的科普书籍中，有很多都是非常不靠谱的伪科学。有些职业的科普作家，只接触到科学的表层，掌握了一些片面的知识，本身没有从事过任何科学研究工作。他们写的很多东西甚至扭曲了科学的本质。另外，即使是水平很高的科学工作者写的，也有很多仿佛是害怕读者觉得枯燥乏味，于是插入一些与主题没有本质联系的内容，弄成一锅大杂烩，或者装饰性地穿插一些空洞的所谓"美文"。不管怎么说，如果作者没有真材实料，只有临阵磨枪写出来的东西，无论是在科学上还是在文学上，都没有任何价值。

科学工作者只有将通过亲身经验获得的深刻的知识，将那

---

[1] 卡米伊·弗拉马利翁（1842—1925），法国天文学家、作家。
[2] 福尼尔·达尔贝（1868—1933），爱尔兰物理学家。

些经过细细咀嚼、仔细玩味之后真正化为其血肉的东西，不加修饰地用最平易的顺序和最通俗的语言写出来，读者才能比较容易地在一定程度上理解那些艰涩难懂的内容，同时收获无限的趣味和启发。

在这个意义上，科普性质的演讲笔记、随笔完全可以称得上是"创作品""艺术品"。即便描写的对象是与人类没有直接关系的生物界或无机界，这样的创作仍然能够给读者的世界观，甚至人生观添砖加瓦。能够拓展"读者的人格"，促进其进步的东西，都可以称之为文学。

新闻与科学

科学与文学世界接触时，必然会与新闻发生交集，当然我说的是不那么令人愉快的新闻。

新闻，顾名思义，就是为了每一天的目的撰写稿件，制作应时的报纸杂志文章。这本身没有什么不好，但是这个定义已经蕴含了各种危险。新闻常常伴随着浅薄、轻率、不准确、不负责任，而且容易为了迎合读者一时的兴趣，牺牲一切永久性的东西。另外，因为题材会受到当下流行趋势的支配，所以采访的范围狭窄，而且容易忽略题材和其他事物整体之间的联系。

不仅科普类的文章会沾染上新闻的这一弊病，甚至不少科学论文也会如此。这样的文章在科普杂志或者学会的报道中都很容易找到。

但另一方面，即便是日刊报纸和月刊大众杂志上，也还是有可能会刊登不存在上述弊病、具有永久阅读价值的文章，比如前面列举的几位日本学者的随笔中就有很多。这类具有永久价值的文章和染了新闻病的文章不难区分。总而言之就是看自己读完后，是不是比读之前变聪明了。然后，在不同的时间重读第二遍、第三遍，是否每次都有新的发现。换句话说，最糟糕的新闻工作者未必会在报纸杂志上写文章，但也有人虽然在报纸杂志上写文章，却对新闻的弊病完全免疫。关于这一点的误解，往往会妨碍正常的科普，令人惋惜。

写作与科学

我们经常听到这样的批评声，"甲某的论文内容很好，但是文笔不好，晦涩难懂"。究竟这样的事情实际中是否存在，我是很怀疑的。事实上，很多时候，优秀的科学工作者写的论文，单纯作为文章来看也很出色。要想写出明白透彻的文章，必须有一个明白透彻的头脑。如果一个人思维清晰，用母语写的文章却晦涩无比，这恐怕属于极端的特例。

相反的，也有人这样说："乙某的论文内容一般，但是文笔好，很有趣。"对此我也表示怀疑。如果论文探讨的事实平凡陈旧，无论用多么高明的修辞去写，至少在务实的科学工作者读来，不可能觉得"有趣"。这类文章，还是必须有某种独创性的内察、暗示、新的见地和研究方法，总之就是必须包含某种"生产性"。

上中学的时候，老师布置作文，我以为文章是脱离内容而存在的，还为此拼命地背诵所谓的美文。但是随着慢慢长大，这种错觉渐渐消失了。修辞的作用就像是机械的润滑剂，但是，如果没有机械，润滑剂也无用武之地。比如，与世阿弥[1]的能乐相关的著作，作为文章来看是很怪异的，实际上却是世间少有的名作。

在某种意义上，科学最终要表现为语言和文章。文笔拙劣的科学名著是毫无意义的。

经常有年轻的学生问我，怎样才能提高写作水平。每当此时，我都会用上面的话回答他。如果论文里有一个小节，无论读多少遍都完全不知道它想表达什么，那往往标志着写的人也没有想明白，这是条理不清的缺陷所在。反之，如果有些地方读了之后豁然开朗，那肯定是作者真正领会、深入骨髓的东西，因而写起来毫不费力，行云流水。

这也许是非常片面的管窥之见，可能有点夸张，但我觉得还是多少包含了一些真理。

---

[1] 世阿弥（1363—1443），日本室町时代初期的猿乐演员与剧作家。

结语

虽然在科学与文学这个题目之下,值得考察的项目还有很多,但我还是就此搁笔,其余的将来有机会再谈。

正如我在绪言中事先声明的,以上观点,都不过是有着特殊历史和环境的个人的一己之见,难免有些偏颇,不具有普遍性。但是我觉得,将这些偏颇之词不加修饰地如实记录,反而能让各位聪明的读者感到别有趣味。于是我放下所有顾虑,将多年来的想法露骨地、胡乱地罗列下来。因此,有很多地方连我自己都觉得牵强,并为此感到难为情。尽管如此,我还是决定不加修饰、原封不动地把它们抛出来,当作一本"实验笔记",供读者品评。

昭和八年(1933)九月,《世界文学讲座》

读书之今昔

在现代，书籍也可以看作是一种商品，就像岐阜灯笼、丝质手帕这些商品一样。这样说的一个证据是，无论哪家百货店都设有图书专区。摆着的大部分都是畅销书，也有少人问津的经典著作。就像和服店里既卖手巾浴衣，又卖织锦腰带，肯定是为满足不同阶层购买者的需求，由不同的生产者策划、制作并陈列的。

将书籍看作商品时，应该将其归入哪一类呢？既不像柴米油盐、锅碗瓢盆这些维持生命必需的食材器具，也不同于衣服、住所的必备物品，更不像对生活进行结算时需要的棺材或牌位这些东西。我想，可以把书籍归为即使没有也不影响人基本生活的那一类。实际上，即使现在，世界上仍然有很多人，终其一生不曾拥有一本书，不曾读过一行字。这样想来，书籍这种商品，似乎跟岐阜灯笼、丝质手帕、香水、香粉这些商品属于同一类。

每天早上起床，洗脸，看报。我们在头版看到的最醒目的内容，就是新刊书籍、杂志的广告。比起世界大事、日本国内重要现象的新闻，更早映入我们眼帘的就是这类商品的广告。

就我所知道的范围内，我想不起外国有哪一家报纸的头版是这样的。这可能是日本独有的现象。产生这种特别的现象肯定有特别的原因。而且，发展到现在这种地步，想必有其发展至今的历史，但是我不得而知。

可是，我们并不能由这一现象得出结论，说日本人是全世界最尊重、最热爱书籍的国民。因为，要从这一现象得出截然相反的结论，也并非不可能。也就是说，如果所有人都认为书籍绝对必要，争相购买，就完全没必要支付高昂的广告费，占据大报的头版。相反，即使不做任何广告，甚至对外保密，人们也会口口相传，想方设法要入手一本的人自然会找上门来，就像职业介绍所的门前一样。

在各种商品的报纸广告中，占据版面最大的，就是书籍、化妆品和非处方药。这个简单明了的事实意味着什么？说明这三者作为商品，在本质上具有共通的性质。

第一个共通点是，内容类似的商品很多，因此市场竞争激烈。如果其中一款商品的内容明显优于其他同类商品，而且其优点在顾客眼中一目了然，那么广告的意义和效果就会消失。然而，化妆品、非处方药之类的商品，即使是实际使用比较过的人，也无法准确地说出孰优孰劣，就是感觉口碑好的似乎确实好一些。书籍虽然没到这样的程度，但是只要大多数读者不具备非常高的批判能力，还是会根据口碑进行选择。如果口碑可以通过广告和宣传来提高，那么书籍生产者选择跟非处方药、化妆品商家同样的手段，也无可厚非。不过，现在日本这一现象尤其显著，究其原因，可能是缺乏一个有权威、有信用的机构来评判书籍的价值，或者是因为即使有这样的机构，多数人也不重视，反而养成了根据报纸广告的版面大小来判断价值的习惯，而且他们可能没有时间去怀疑。

对化妆品、非处方药和书籍进行比较，一个很大的区别就是，有二手书店，但是没有二手化妆品店、二手药店。就算在神田的夜市搜罗一整晚，估计也找不到明治时期流行过的化妆品和药品。但是，如果是想找一本明治时期的书，拜托个别二手书店，大概率可以买到。

不过，夜晚走在神保町，看到书摊灯光下码得整整齐齐的廉价书，那种感觉实质上跟叫卖香蕉、袜子没什么两样。反倒是叫卖香蕉的生意更好，书摊前面则冷冷清清。

《二人行脚》的作者，已故的日下部四郎太[1]博士还是研究生院学生，研究岩石弹性的时候，有一天，我在他书桌上看到一页纸，上面用英语写着几句类似座右铭的金句。开头一句是："少读书，多思考。"其他几句都不记得了，唯独这句完全说到了我的心坎上，所以直到今天依然记忆犹新。现在想想，像日下部博士这样有独创思想的人，即使想要多读书、少思考，大概也办不到吧。在我想象中，他的日常肯定是这样的：打开书本，只读了半页，就有各种疑问和想法萦绕心头，兴趣全被这些疑问和想法吸引过去了。

　　对于这类人的大脑，很多时候书籍的作用就像点火器。因为大脑里本来就储备了燃料，随时可以熊熊燃烧。相反，还有一类人，比如旧时的许多汉学先生，大脑就像钢筋混凝土筑成的仓库，而且里面堆积的材料全都涂了阻燃剂。

　　不管怎么说，不加批判地多读书只会让人的脑袋变得空虚。我感觉没有书或者书很少的时代，人更聪明。这个想法是否正确姑且存疑，但可以肯定的是，在书籍很少的时代，人们通过读书获得的幸福感比现代更多。兰学[2]先驱们为了读懂一个单词的意思而花费的功夫，以及读懂之后的喜悦，在今天看来也

1　日下部四郎太（1875—1924），日本地球物理学家，其针对岩石弹性的研究获得了第二届学士院奖，打下了近代地震学的基础。
2　江户时期经荷兰人传入日本的欧洲学术、文化和技术的总称。——译者注

许滑稽可笑，但他们那种专心致志的境界，着实令人羡慕。相比之下，今天的学童在尚未发展出求知欲的时候，就被扒开嘴巴，被人拿英语、德语之类的东西强塞进喉咙，这其实是一种幸福，但换个角度想想，又有点可怜。

小时候，我费尽千辛万苦才弄到手的一本杂志是《日本少年》。每月一期，从东京寄出，差不多快到乡下的时候，我每次听到邮递员的声音，都会飞快地跑到门口。侄儿家里订阅了《文库》和《少国民》，因此我们基本上可以看到当时全部的青少年杂志。晚上大家就聚在一起聊读过的东西。明治二十年代乡下的冬夜，就这样在格林兄弟、安徒生带来的热闹中越来越深。这些来自异国的新奇、美丽的童话，逐渐来到"词语接龙""妖怪花牌""蝙蝠精的故事"中间，它们杂居在一起的过程，从文化史的角度来看也很有趣。现在书店里摆的少年少女杂志数量庞大，看着那些艳丽的彩印封面，我并不羡慕今天的少年少女，反而更多的是可怜他们。

有生以来第一次让我觉得有所收获的读物，是以前的小学课本。课本的第一句是"神是天地主宰，人乃万物之灵"。这肯定是外文直译过来的，但是现在想想，这句话里所包含的思想在那个时代是十分危险的。老师一句一句地读给学生听，学生马上跟着齐声朗读，至于意思，好像并没有人理会。那本课本上有两个故事，到现在我还记得。一个故事讲的是一只孵鸭蛋的母鸡，因为担心收养的孩子溺水而啼鸣不已。另一个故事讲的是一个流落他乡的人，回到故乡后发现自己的家已经完全烧成了灰烬。这只母鸡和这个返乡人的噩梦，在那之后几十年一直没有离开我的生活，即使现在想起来还是觉得可怕。那时，福泽谕吉先生出版了《世界国尽》，这是一本木版印刷的线装书。全文采用七音、五音反复的歌谣体，很容易记诵。书中木版画插图里的西洋风光，在我幼小的脑袋里埋下了关于异域风情最早的种子。德黑兰、伊斯法罕这些所谓的近东地区，从那时就勾起了我的好奇心，其惯性直到今天也没有消失，真是可怕。还有一份模仿《笨拙》(*Punch*)[1]的杂志，叫《团团珍闻》。我记得里面有一组"月薪鸟"的漫画，说"这鸟的叫声是'莫奈——莫奈——'"。那是官权党对自由党的时代，大概就相当于现在的资产阶级对无产阶级吧。历史总是在重复。

《诸学须知》《物理阶梯》这些读物，让我开始对科学产生兴趣。当时我还通过夜学学习了一本很薄的《地理初步》。夜学是当时盛行的一种政治结社的方式，经常会举行示威游行活动。很多人晚上打着灯笼游街，或者在南河滩上举办抢绳、抢旗比赛。有时候，某社团的青年还会约定一起剃成光头，上街游走。

1　创刊于 1841 年的英国讽刺漫画杂志。——译者注

当时重兵卫一家住在我家隔壁，他们家的长子名字叫楠，在法院当记录员。我的英语就是跟他学的。起初学的好像是威尔逊编写的课本。楠先生为了鼓励我，特意拟了一份教案给我看。其实就是一张书单，其中有《巴来万国史》、夸肯伯斯的语法书，等等。这张书单大大地激发了我幼小的野心。后来我去买《巴来万国史》的时候，书店掌柜说了句："进步很快嘛。"我开心得不得了。我感觉，当时幼稚的虚荣心得到满足，也是决定我后来发展的一个原因。楠先生还把歌德的《列那狐》日译本借给我。那是明治二十年（一八八七年）左右，我还是《汉楚军谈》《三国志》《真田三代记》的忠实读者，列那狐的故事对我这个乡下孩子来说，犹如一道天启的闪电，仿佛世界的界限突然膨胀爆炸了一般。

也是在那个时候，我打算跟住在附近的一个比我年长的青年学法语，用的是一本叫 Lecture 的课本。刚学了开头的两三行，父亲就提出抗议，后来就没再学了。我开始还以为，父亲是因为觉得我英语才刚起步，同时学法语会影响学习效果。后来才知道，实际上是因为当时教我的那个青年在邻里间有"不良"的名声。想来，他是当时抱有新思想的人。十年后，我读高等学校的时候，在熊本通町的一家二手书店找到一本法语课本，上面用铅笔密密麻麻地写满了日语假名，我就用它自学法语。压抑许久的欲望被唤醒了。要让孩子学习，也许有一个办法，那就是对孩子读的书——干涉，故意不许他读好书；对于那些你认为孩子不该读的书，就命令他当作日课，每天必须读几十页。

楠先生和这个被视为不良的不幸青年都去世很久了，但在我的记忆中，他们就像两位圣徒，头顶光环，并排站立着。他们是我的恩人，给我幼小的心灵插上了翅膀。

楠先生的弟弟名字叫龟，他会设圈套捕鸟，会用各种方法捉鳗鱼，他是这方面的天才。我从他身上学到了关于自然界的很多奥秘，而这些在任何书中都没有写过。

刚上初中的时候，我读了《椿说弓张月》《八犬传》等书。我还记得，在乡下的亲戚家住的时候，断断续续地读了《梅历》。这些书唤醒了潜藏在我体内每一个细胞中的传统日本人身份，让它重见天日。读《绘本西游记》也是在那个时候。这本书激发了我对幻想世界和超自然力量的憧憬。在这个意义上，那时候看松旭斋天一[1]的西洋奇术或许也有同样的效果。与此相反，儒勒·凡尔纳的《海底两万里》则暗示了在现实世界中利用自然的力量可以带来多么惊人的可能性。过了四十年之后，最近我竟然在报纸上看到鹦鹉螺号潜艇北极探险的相关报道，通过派拉蒙有声影片新闻看到了潜艇启航的场景。类似"海底旅

---

1 松旭斋天一，日本明治时期的著名魔术师。

行""空中旅行""金星旅行"的书,或多或少都激发了我少年时对科学的兴趣。

西洋文学的浪潮如洪水般涌入,首先是以各种童话译本的形式出现在少年的世界里。大人的读物中,民友社的《国民小说》系列也混有各种翻译作品。一个中学生如果没有读过矢野龙溪的《经国美谈》,就很难交到朋友。很多人都能背诵《佳人奇遇》的第一页,我也是其中之一。

宫崎湖处子的《归省》出版的时候,当时的中学生都震惊了。因为他们第一次发现,原来描写普通寻常的现实生活也可以成为优秀的文学作品,甚至可以写出以往任何文学作品都没有的新鲜美感。也是在那个时候,华盛顿·欧文的《见闻札记》在学英文的学生中流行开来。

松村介石的《林肯传》也是给我留下深刻印象的一本书。有一篇文章写到,林肯仅仅通过三本书就锻造了他的全部性格,我读了深受感动,这个事实对现在在书籍洪水中沉浮的青少年来说,可能是一剂解药。

《林肯传》唤醒了我内心的一些东西,读过雨果的《悲惨世界》之后,这些东西受到了更强烈的鼓舞。当时这本书还没有日文译本,我看的是英文的节译本,只是一个故事梗概。以我当时的英文水平,读懂梗概都相当吃力了,不过也因此快速提升了英文水平。我对学校里学的《克莱武传》[1]《黑斯廷斯》[2]等没有任何兴趣,而雨果作品中的温暖人情,像雨一样滋润了我干涸的头脑。这雨渗入我体内,或好或坏,都影响了我之后的生活。

当时,跟《明治文库》《新小说》《文艺俱乐部》等文学杂志并列的,是幸田露伴、尾崎红叶、山田美妙、江见水荫、岩谷小波这些名字,他们的作品各具特色,如昴宿星团般熠熠生辉。他们对当时青少年的情感教育产生了巨大的影响,恐怕不仅仅是我们,也超出了那些所谓的教育家们的认识。

我记得有一套叫作《少年文学》的丛书,《黄金丸》《今弁庆》《宝山》《宝库》等以诱人的装帧接连出版。仅仅通过富冈永洗、武内桂舟[3]等插画师创作的木版彩印卷首插图,就足以了解当时少年心中梦想王国的模样。

对于当时的我们来说,弄到这些读物相当不容易。不仅要二十分、三十分地跟父母要钱,还要拜托书店订购。但是,三番五次地跑去书店催促:"还没到吗?还没到吗?"最后终于

---

[1] 罗伯特·克莱武(1725—1774),英国殖民者,曾参与建立东印度公司对孟加拉的统治,当时被本国人认为是大英帝国伟大的缔造者,而在殖民地人民眼中却是无耻的强盗。

[2] 沃伦·黑斯廷斯(1732—1818),英国殖民官员,首任驻印度孟加拉总督,任职期间巩固了英国对印度的统治。

[3] 富冈永洗(1864—1905),明治时期浮世绘师,擅长作美人画;武内桂舟(1861—1942),明治、大正时期浮世绘师、插画家。

拿到书的那份喜悦，好像是只有那时的我们才有的特权。

感觉当时乡下的书店都很傲慢。就好像我们得点头哈腰，求着他们卖书一样。这可能是理所应当的事情。至少对于当时的我们来说，书绝不是商品。书是令人尊敬的师长，是思念许久的恋人，书店是介绍我们和书籍认识的重要中介。

不止一次有学生向我请教选书以及读书的方法。我的回答总是不得要领。我觉得这个问题就像在问应该和什么样的人谈恋爱，怎么谈。有时我会这样回答："读自己最感兴趣的书，只要兴趣还在，就一直读下去。如果不想读了，即使才读到一半，也可以扔到一边，换下一本感兴趣的就行了。"想吃萝卜的时候，肯定是自己的身体需要萝卜中的维生素吧。这时，我们并不用非等到证明了吃萝卜的必然性之后才吃。即使某个朋友 I 吃了萝卜百病消除、长命百岁，自己效仿也未必有效。读某本书能够激发兴趣，就说明潜意识里存在某种让兴趣产生的必然原因。我们没有必要执着于仅建立在意识表层的肤浅的理论和道听途说的智慧，而去压抑、扭曲这种兴趣。人们头脑中的现在是过去经历的函数。所以，一个人在一段时间里对 A 书感兴趣，接下去一段时间又被 B 书吸引，这样的事虽然乍看之下没有什么道理，充满偶然性，但想必还是有其内在的原因。只不过，要想正确地认识这些原因，恐怕比精神分析大师尝试分析我们的梦境还要困难，需要更深刻的分析和综合的能力。

所以，那些起初丝毫不感兴趣的书，换个时间再读，竟觉得非常有趣，这样的事也是常有的。小时候不爱吃腌鱼，长大之后变得爱吃了，也没有必要为了保全儿时自己的面子，对腌鱼忍痛割爱吧。

有的书令人百读不厌，甚至越读越觉得有趣。这样的书在虚构作品中凤毛麟角，而在人生纪实类的作品中有很多，这是理所当然的吧。

有的书，只是读了两三页就丢在一边，或者只是翻看了插图，却在很久之后起到了意想不到的作用。年轻时总觉得一旦开始读一本书，不读到结尾不好，但是现在我觉得，不想读的书不能勉强，勉强自己去读才不好。偶尔从结局开始倒着读一本小说也很有趣，并没有理由说不可以这样做。就像电影胶片也可以倒放一样。

最好是毫无顾忌地涉猎各类书籍。就像在自家的花坛里撒下各种花草的种子。随着时间的流逝，适应土质的花草自然会枝繁叶茂，开花结果。这样就不会因为只播下别人推荐的种子，努力培育那些注定不会长成的花草，而浪费一整个春天。不过，一次没有长成的花草，并不代表永远不会长成。根据前一年种下的东西不同，第二年适宜种植的品种也可能发生变化。

健康的时候，我们可以随意地选择食物，可一旦生病，就需要医生开药。不过，也有人不吃药就好了，还有人尽管吃了药，但还是死了。关于书籍，也可以说同样的话吧。

为了过圣诞节，把鹅抓来夹在膝间，掐着脖子逼它张嘴，然后一个劲地往里面塞五谷杂粮。这是饲养者的立场。如果有人提出鹅的立场，大概只会遭天下人取笑。因为鹅是商品。人也有可能是商品。这种情况下，硬逼着人读不喜欢的书，也是不得已而为之吧。那么被当成饲料的书籍更彻底地沦为商品而被大量生产，是不是就顺理成章了呢？

在日本，要获得外国的书籍是很不方便的。向书店订购的话，要等两个多月。而且书店的订购部门和零售部门没有联络，即使店里的陈列架上有货，也非要等到你订购的部分到货，他们才肯寄出。还有的时候自己以为下了订单，书店却没有受理。如果订购往期杂志，基本上都会被告知已经绝版，拒绝受理。但是如果拜托莱比锡的书店，大抵马上就能找到。即使是顶无聊的书，只要畅销，就总是有货，销量不好的书则很少会有。把书籍当作某某公司的"商品"，出现这样的情况可以说是理所当然的。于是自然就产生了一个需求：能不能由国家政府来经营一个"非商品"书籍的供应处，使大部分书都可以随时买到。当然，这样做的话，肯定要对书籍的种类进行一定的限制，但我觉得可以接受。至少希望科学、技术方面的书籍能够如此。至少需要一个跟国立图书馆差不多的机构吧。因为感到不便的情况实在太多了，以至于我甚至会产生如此美妙的幻想。

　　有时候询问年轻的、可能是新来的店员是否有某本书，回答没有。结果我自己一看，明明就摆在眼前的书架上。这样的时候，我就感到非常寂寞，不禁联想，商人对自己的商品失去兴趣和热情的时代，会不会也是官员玩忽职守，学者无心研究，匠人敷衍工作的时代呢？但是，当我遇到干练忠实的店员，得到明白无误的指引之后，悲观转眼变成了乐观，觉得现代的日本果然是变好了，同时又觉得那个连眼前的书籍都不知道的小店员有点可怜。

　　我向德国某书店订购某书，不久收到来信。信上写道，那本书是美国某博物馆出版的非卖品，已替我与该博物馆交涉，请他们送我一本，不日将达。我在心怀感激的同时，又觉得德国人真可怕。如果是日本的书店，估计要等上三个月之后，才会收到一张明信片，说我订购的书籍为非卖品，敬请谅解。如果我说得不对的话，还请原谅。不过我会这样想象，也并非没有原因。

　　听说有人建议多在书店赊账，我有些惊讶。确实，那些每月都按时付款的顾客，书店并不需要多加关照。所以，比如你想订购往期刊物的时候，先赊下五六百块的账款，书店可能就会格外上心。这是最近的新发现。

　　未来会不会出现一个完全不需要书籍的时代？英国某科幻

小说家描写了一个人在沉睡数百年后醒来的经历，其中提到了那个时代的图书馆。书籍已经被活动胶卷取代，不必阅读文字就可以了解万事万物。不过，这样的幻想似乎对书籍的本质多少有些误解。

但是，电影胶片会逐渐入侵书籍的领地，这是可以肯定的。恐怕在不久的将来，各种胶片会成为书店商品的一部分。如果书店开始出售廉价的有声片设备和胶片，许多教授就该无事可干了吧。

大书店不妨从现在就开始出售十六毫米胶片。设置一个小试映室来吸引顾客也是个好主意。近来流行只有照片的书，似乎也可以看作是朝这个方向迈出的第一步。

想读的书，不得不读的书实在太多。如果要全部读完，恐怕有几辈子都不够。而且，如果真的全部读完，脑袋大概会变成真空吧。因为要让脑袋变空，最好的办法就是读书。日下部说要少读书，但是如何才能遇到那些少数的书籍呢？就像替父母报仇一样，我要找的仇人和别人的仇人并不是同一个人，我的书也只能由我自己去找。

一位天才生物学家走在山里滑倒，摔了一个屁股蹲儿，刚好手里抓住一把草，没想到那正是未知的新物种。这样的故事屡见不鲜。擅长读书的人大概也会有类似的神奇体验。在书店闲逛时，不经意地从书架上抽出一本，会不会恰好就是自己最需要的书呢？如果真能这样，那该多方便啊。

读一本书，在哗啦哗啦翻动书页的过程中，如果要紧的内容能够自己从书页里飞出来映入眼帘，那就更好了。这个要求可能想得太美，但通过练习，在一定程度上还是可以达到类似效果的。实际上，几十卷的《哲学科学全书纲要》、手册之类的，是不可能通读的。

有的书错误百出，却于人有益。有的书没有半点错误，但是除了没有错误之外，再没有任何优点。还有的书令人感叹，收集了如此丰富的素材，竟能写得如此枯燥乏味。

读翻译书，有时会遇到趣事。译文的意思怎么也读不懂的时候，试着把译文直译成原文之后就想通了，令人忍俊不禁。比如"不穿礼服端上来沙拉"之类的。

在流行新潮的时代阅读老书，也会有耳目一新之感。我最近读《达夫尼斯与克洛伊》[1]的爱情故事就有这种感觉。他们的爱情，远比现在新时代的男女前卫得多。读阿里斯托芬的《云》，读到书中学者们讨论跳蚤跳一下相当于它走了几步，就觉得跟现在的学者简直一模一样，真是有趣。读《六国史》[2]，就会知道遥远的古代发生过和现代完全一样的事，只不过穿了

---

1 二世纪古希腊诗人朗格斯的田园诗，讲述一对牧羊人相爱的故事。
2 日本奈良、平安时期所编辑的六部史书。

一身名字稍有不同的衣服。我们也会因为知道了这些，而变得或悲观，或乐观。读得多了之后，甚至会有种不可思议的感觉：越是古老的事物越新颖，最古老的事物反而是最新的。古典著作不断有新版问世，记录了新思想的书却逐渐从书摊沦落到废纸篓，这也是一个不可思议的现象。

不过，那些与日俱增的书籍将来会怎样呢？只是根据每天的报纸广告推算，一年就有成千上万本书面世。而且增长率还在年年提高，地壳说不定会因为不堪书籍的重负，发起一场大地震来报复人类。那个时候，完全由纤维素构成的书籍就会走完它悲哀的末路，反倒是刻在石头上的楔形文字或许能够幸存。即使不会发生这样的情形，即使不会被残暴的征服者付之一炬化为灰烬，造化不爽的化学作用也总有一天会把现在书籍中的纤维素分解掉。

翻出十年来买的线装书，发现全都沦为虫子的聚居地，无数的空洞纵横交错。我把抖出来的虫子丢到院子里，引来了麻雀啄食。如果说读书可以使人变聪明，这麻雀肯定也变聪明了吧。

昭和七年（1932）一月，《东京日日新闻》

卷四 追忆漱石先生

给先生的信

自威尼斯

我原以为，只有在日本，才会有人买豆子喂寺庙的鸽子，没想到这边的圣马可教堂前面，人们也做着同样的事。只不过撒的不是豆子，而是有人把玉米塞在细长的圆锥形纸袋里出售。

大街上有一个男的，把锅烧开了，卖煮熟的章鱼。

威尼斯的街道破旧却不失美丽，斑驳的墙壁，乃至窗口晾的衣服，无不呈现淡雅的色彩，美得无以言表。明明已是霜枯时节，树却还是绿色的，加上蓝宝石般的水色，和那些黄色、红色、褐色的老房子格外相宜。

凤尾船很有意思，穷人家的女子也很美丽。

明治四十三年（1910）一月，《东京朝日新闻》

自罗马

到了罗马，在累累的废墟间彷徨。今天我离开市街，从阿尔巴诺湖[1]前往罗卡迪帕帕，去看古老火山的遗迹。所到之处的山腰上，橄榄的果实

---

1 位于意大利中部的湖泊，属于火口湖。

已经成熟,下面有羊群在嬉戏。我在山路上遇到一个女叫贩,她把枯枝和洋伞捆在一起戴在头上,一边织袜子,一边走路。有赶牛车拉木材的,有用驴子驮炭袋的。有橘子树,也有竹子。黑眼黑发的女子聚集在水边洗衣服,鸡在旁边成群结队地玩耍,猪在路旁啼叫。梵蒂冈我也游览了一部分,这边的特产似乎都是美食。

明治四十三年(1910)二月,《东京朝日新闻》

自柏林(一)

这边的柏林歌剧院正在上演一部戏剧,名为《台风》。作者是匈牙利人,讲的是日本留学生的故事。据说颇受欢迎。主人公是日本人,名字叫竹拉莫·新渡户,光是听竹拉莫这个名字,我就不太想去看。听人说,这部戏十分洞悉日本人的特性,表现了日本人的优点,但是我对竹拉莫心存芥蒂,一直没有去看。

明治四十三年四月,《东京朝日新闻》

自柏林(二)

这次旅行,天气不好的时日居多,特别是在瑞士的时候,因为雨和雾,没能看到阿尔卑斯山的雪,有些无趣。尽管如此,去看勃朗峰的冰河那天,天气很好,很有意思。我带着温度计,走在路上时不时地测量气温。向导提着一根形似鹤嘴镐的拐杖,

肩上背着绳子。他问我需不需要英语向导，我问他是否讲英语，他说不讲。为了防滑，我把袜子套在鞋子外面，一个人过了冰河。心情是极好的。冰河对面是一段险路，高山植物在山间开着花，瀑布到处都是。从此处下到山谷的途中，经过一座小旅馆的时候，有一个人从后面追上来，问我是不是日本人，我回答说是。他说他是英国人，名字叫韦斯顿，曾在日本待过八年，爬过日本的所有高山，光富士山就爬了六次。他的妻子在旅馆前面的草地上织着袜子。我从那里下到谷底，一直走到沙莫尼镇[1]。路旁的牧场上放养着几头牛，牛脖子上系着铃铛，铃声非常悦耳。放牛的孩子和老太太其乐融融，如在画中。秋草开

1　阿尔卑斯山法国境内的登山和滑雪旅游胜地。

着花，日本好像也有那样的花草。铁路道口值班室的菊花开了，路旁的圣母教堂里供着鲜花。走到沙莫尼的时候，已经是傍晚时分，血红的夕阳染红了伯宗的冰川顶部，实在是美极了。街上有许多特产店，陈列着玛瑙、牛角制作的工艺品。这样的地方照例有电影院，用自动钢琴招揽着客人。我还看到衣着华丽的女人在散步，大概是从巴黎一带来的吧。

从沙莫尼回到日内瓦之后，我去郊外拜访了老学者萨拉赞。他非常高兴地迎接我，用自己的马车载我参观他所居住的小镇。吃罢午饭，我们就在他坐拥的大片土地上散步。据说他的妻子曾把我们的论文翻译成法语，发表在这边的学术杂志上。这里已经靠近法国边境，从阳台上就能看到牧场对面的国境森林，还能看到据说是伏尔泰曾经居住过的房子。毛毡一般的草原上，零星地排列着一些树龄二百年的槲树、一百多年的栗树。树木之间是蜿蜒的小路。土地的角落里有一口井，会把地下的空气喷出来，把地上的空气吸进去，我向萨拉赞先生解释了其中的原理。我说，低气压到来时，喷出的气流之强，甚至可以把草帽吹飞。然后，我们去看了佃农的住房、牛棚、猪圈、粪堆。我们跟每一个佃农打招呼，聊上一两句。农家的房子依然采用古老的建筑方式。

从大门通往房子的道路两旁种着七叶树。两侧是苹果林，苹果熟得通红。书房里有几尊大理石半身像，据说是从罗马买来的。萨拉赞先生给我看的时候,一一抚过它们的脑袋和脸庞。其中有一尊脑袋较大的少年像,容貌极其俊美。据说先生的大女儿小时候深深爱上了这尊半身像,曾经踩着父亲的椅子去亲吻石像。这番情景被画成油画,挂在客厅里。那天有雾,后来下起了小雨,格外静谧。

我还从日内瓦去了伯尔尼、苏黎世、卢塞恩等地。卢塞恩有一座战争与和平博物馆,日俄战争版块陈列了许多恶俗的浮世绘彩色版画,令我有些厌烦。山谷和坡地上,所到之处都是连绵的牧场,苹果树上果实累累,令我觉得这真是一个美丽的国度。

之后我又去了施特拉斯堡,然后去了纽伦堡。仿佛看到了中世纪的德国,非常有趣。参观市政厅的地牢时,一个年轻女孩提着灯做向导。她介绍说,罪人必须睡在木板床上,连稻草都不给铺,没有面包吃,没有水喝。同行的人中有一位戴登山软帽的老人,提了许多问题,但是向导女孩不知详情,因此答不上来。向导说沿着地下走廊再走十五分钟,有一口深井,问大家是否要去看看。由于老人的妻子不赞成,所以我们最终没有去看,就原路返回了。那之后又去参观了画家丢勒的故居,入场券竟是彩票。著名古城的角落里有一座塔,塔里陈列着古代刑具。一个面色苍白,身材瘦小的女人边走边解说。一起参观的有一男子,长的学生模样。他向这位向导提了一个刁钻的问题："像你这样一天到晚地重复说这些毛骨悚然的事，已经习以为常了吗？"女向导只是苦笑。我有些同情她，于是向她买了几张美术明信片，又给了她一枚白铜币，便逃走了。我在慕尼黑停留了四天。在老绘画陈列馆看了牟利罗、丢勒、勃克林[1]等许多画家的作品，几乎看到厌烦。然后去了德累斯顿、耶拿，之后在魏玛停留了两个小时，参观了歌德和席勒的故居。据说歌德死前曾取来院子里的土，当他放在盘子里准备分析的时候突然发病。书房窗下高高的书架上，至今仍放着盛有土的盘子。歌德被抬到旁边的卧室，但他已经无法在床上躺下，只能靠在扶手椅上。椅子旁边的桌案上，药瓶、茶壶、茶杯依然放在当时的位置。无论是书房里的桌子，还是卧室，都意外的朴素，令我感到很惊讶。二楼的房间里摆着各种遗物，我却对歌德用来做实验的物理器械和标本很感兴趣。席勒的故居更加朴素，甚至可以用贫穷来形容。歌德故居有几个身着制服的人看守，席勒这边却只有一个驼背的女人守着。后院对面的窗户已经是别人家，里面的工匠似乎正在制作手工艺品。席勒故居所在的街道尽头一角，有一家很大的现代风格的咖啡馆，里面坐着二十世纪的男男女女，他们正透过玻璃窗，稀奇地观看着我这个与众不同的过路人。街头路口都铺满了落叶，古朴的砖

---

[1] 阿诺德·勃克林（1827—1901），瑞士象征主义画家，对 20 世纪超现实主义画派有很大的影响。

墙上爬着血色的藤蔓，温暖的阳光在宫城警卫的头盔上闪耀。

再过十天，我就要从柏林动身，到哥廷根去了。

明治四十三年（1910）十月，《东京朝日新闻》

自哥廷根

去年圣诞节，我去旅行了。只记得深夜在维也纳的街上闲逛，看到卖圣诞树的，觉得它就像日本过年时摆的门松。在威尼斯，二十五日晚上，看着熙熙攘攘的人群在狭窄、阴暗的街道上游行，忽然感到寂寞。今年，我在这边的乡村，体验了一个颇具乡村风情的纯粹的圣诞节。二十二日晚上，旅馆的女主人说，在天主教幼儿园有圣诞节庆祝活动，问我要不要去，我便答应了。一起去的有女主人和她的女儿，以及来帮忙学做家务的施图贝尔小姐，连我一共四人。幼儿园狭小的房间里摆着玩具一样的小桌子、小椅子，坐满了动来动去的小孩子。这些孩子看上去都不富裕。房间很嘈杂，因为很多小孩得了感冒，不停地咳嗽，令人心疼。有两个修女，裹着白头巾，穿黑色衣服，圆圆胖胖的，站在一旁监督。房间后方的门开着，外侧站满了附近的贫民，都在大声地谈话。坐在桌子前的孩子中，有几个伸长脖子，稀奇地望着后面的人群。修女看到了，就会走过去敲他们的脑袋，让他们坐正。有一个孩子，在人群中看到妈妈的脸，突然想念得哭了起来。修女抱着他去找妈妈，好容易才把他哄回到座位上，但他仍然满脸不情愿，时不时地回头看。那么多孩子，有打哈欠的，有打瞌睡的。礼堂的角落里竖着一棵高大的圣诞树，修女开始点燃蜡烛的时候，所有人都看向那边。树下是一座小小的礼拜堂，里面睡着一个偶人，那是小基督。不久，两个小孩扮成的天使走出来，站在小基督的两侧，他们背上插着纱做的翅膀，头上戴着金冠。其中一个咳嗽得厉害，看上去很痛苦，背上的翅膀一直在颤抖，但他还是强忍着，努力完成自己的任务。他瞪着一双可爱的大眼睛，稀奇地盯着我的脸看。不久，神父出来，开始致辞。他穿着朴素的外套，从眼镜的上方将视线平均地投向孩子和客人，他的声音仿佛是从鼻子里发出来的。神父的致辞很长，从圣诞节的起源讲起，而孩子们的咳嗽声不断，吵吵闹闹，不咳嗽的孩子似乎都感到很无聊。神父在致辞中还提到一位修女。今天要送给小孩子的玩偶的衣服，都是这位修女一手缝制的，但很遗憾的是，她本人因病缺席了。致辞结束后，由监督的修女领头，孩子们开始唱歌。然后，大些的孩子轮流走上正面的讲台背诵，修女担心他们背不出，在台下小声地一起跟着背。接着，圣诞老人背着袋子出来，做出滑稽的样子逗大家笑，仪式就在这笑声中结束了。客人们进入另一个房间，那里陈列着送给小孩子的礼物。小孩子收到礼物肯定会很开心吧。活动之后，室外的贫民一拥而入，准备接受施舍，场面十分混乱，我费了好大劲才来到外面。

　　圣诞节前一周，市政厅前的广场上办起了岁末集市，摆出许多卖廉价玩具、粗点心的货摊。然而无论什么时候去逛，都冷冷清清的，很少有人光顾。摆摊的老头儿老太太有的抽着长长的烟袋，有的在织东西。在集市上闲逛时，会有人问我："博士先生，要不要买圣诞礼物？"去街上的店铺买东西时，经常会被人问："在你们国家，也会庆祝圣诞节吗？"

　　圣诞节第一天，旅馆的女主人说要装饰圣诞树，问我可否帮忙，于是我就去帮了她。有一盒陈旧的点心，用黄丝带绑着，女主人说要挂到树上，我就把它和其他的装饰一起挂在杉树上。听说那盒点心是一位奶奶在十四年前买来的。和我住同一家旅馆的女演员斯塔克小姐，也系着围裙从三楼下来帮忙。往最高的树枝上挂东西的话，需要用梯子。我说危险，斯塔克小姐不听，还是爬上梯子去挂了。女主人的儿子会乘当晚十一点的火车回来。听说这个儿子和女儿都不是女主人亲生的。儿子在埃尔伯费尔德的电气工厂工作，到圣诞节才回一次家，所以这段时间妹妹一直在织领带，准备送给哥哥。她抱怨说还没有织好。晚饭后点亮了圣诞树上的灯，很漂亮。我们把桌子排在房间的一侧，上面陈列着每个人的礼物。两个女佣也各自收到了绸缎，都很开心。母亲和孩子互换礼物时，呼唤着"妈妈""海伦妮"，彼此接吻，令我感到不可思议。女主人坐到钢琴前面，大家一起唱了圣诞歌。据说真的会下雪,但是当晚下起暴雨,天气很糟糕。我想在圣诞树前拍照留念,于是出门去买镁粉。街上家家户户的窗子里都映着圣诞树的亮光,音乐声此起彼伏,一派其乐融融的景象。十一点过后,儿子回来了,不过我已经回房,躺在床上读报,所以那天晚上没有见到他。隔壁房间传来窃窃私语声,一直到深夜。那位儿子在第三天晚饭后动身出发,晚饭席上,女主人就做了三明治,用报纸包好,让儿子带着上路。火车的发车时间是在半夜,所以女主人给他切了厚厚的面包片。吃罢晚饭,距离火车出发还有一段时间,儿子就坐到钢琴前,弹起了圣诞歌。女主人和儿子自始至终都在聊天,兄妹间却一句话都没有说。不过,妹妹的领带总算是织好了。

  昨晚是除夕,圣诞树上的蜡烛又点亮了。饭后,我们喝热潘趣酒,吃了点心。有人说起用来装饰餐厅架子的葡萄每天都会变少一点,觉得很不可思议。今天只剩四个了,那人说着还特意拿来给我们看。我还听到一个故事,说有一家女主人,为了惩罚偷吃食物的女佣,在点心里放了催吐剂。斯塔克小姐因为要排练,很晚才来。她总是说自己很忙。她在乡下演出,每天都要表演不同的内容,因此要忙着预习剧本。有一天,我没有像往常一样外出,看到她在隔壁餐厅里预习剧本,把我吓了一跳。后来我问她在演什么,她告诉我是莱辛的《明娜·冯·巴恩赫姆》[1]。

　　除夕夜十二点，我出门去寄发往日本的贺年卡。十字路口处有两三个孩子，正在向来往的行人身上掷雪。走到市政厅附近时，我看到黑暗的广场上聚集了很多人。尽管天气寒冷，临街二楼、三楼的人家还是打开了窗户，向下张望。市政厅的大钟敲响十二点的同时，旁边圣约翰教堂的钟声也响了起来。人们齐声欢呼："新年快乐，新年快乐！"有人点燃了爆竹，扔到人群中间。红色和蓝色的火球被抛上天空。晚来的人们也都在大街小巷欢呼新年快乐。街上有一半的雪变成了泥一样，女人踮着脚尖走过，五六个结队而行的年轻人边走边唱。巡警也笑容满面，时不时地回应新年快乐的问候。有个学生拦下邮递员，从口中喷着酒气和烟味，叮嘱对方今年也要记得多给他送挂号信，搞得邮递员不知所措。嬉笑搂抱间，学生的香烟不小心掉落在泥地上，他捡起来又接着抽。广场的角落里还有一个男人，摆着铜壶卖潘趣酒。教堂的钟声响了大约十五分钟。返回途中，街上已经冷清了，但依然有许多人从窗口往外张望。当我回到住处，准备睡觉时，有人在窗下大声喊着新年快乐，对面的人家也回以新年快乐。

　　写到此处，已是日暮时分。这边丝毫没有元旦的气氛。从

---

[1] 莱辛，18世纪德国剧作家、文艺批评家。《明娜·冯·巴恩赫姆》也称《士兵的幸运》，是莱辛创作的五幕喜剧。——译者注

今天开始，隔壁的空房间住进了一位实习法官，迈尔君。法科的贝尔纳君和理科的德弗雷格尔君眼下都回老家了，旅馆变得非常安静。

这次写得很长，但有些索然无趣。

明治四十四年（1911）二月，《东京朝日新闻》

自巴黎（一）

我住的旅馆在歌剧院附近一条僻静的小巷里。走上两三百米，就是意大利人大道。几乎每天早上，我都会来这里，在街角买报纸。第一次去巴黎圣母院那天，就是从这里乘公共马车，先去了巴士底的十字路口。举世闻名的监狱已经消失得无影无踪，只有一座纪念碑高高耸立，名为七月之碑。碑顶站着自由女神，手上拿着扯断的锁链和火把。那天风很大，云被撕成碎片，从天上飞过，仰头看去，仿佛神像在天空中奔跑一般。十字路口的广场上，尘土和纸屑打着旋儿飞舞。

面向广场有一家名为 Au canon 的饭馆，房檐上立着大炮的招牌。从此地再乘上马车的第二层，我去了市政厅。道路的一侧有一排装着果蔬的手推车。摊主多是老妇人，戴着黑色的面巾，身披黑色的披肩。我在市政厅前下了马车，在旋涡般的风中跋涉到巴黎圣母院。无论在哪里，但凡是有些名气的教堂，都有种让煤熏过一遍，又用竹刷子洗过似的感觉，这座也不例外。我并不觉得它比别的著名教堂更壮观，只是两侧相对而立的钟楼给人的感觉有点与众不同。一进入口，四周就变得一片漆黑。脚下突然响起一个尖锐的声音："帮帮穷人吧。"一个戴洁白头巾的修女向我伸出一个袋子。袋子底下的银币闪闪发光。入口的墙上、柱上有洗手盆，进来的信徒都把指尖在盆里轻轻一蘸，然后从额头到胸口，再从左胸到右胸画十字。教堂的一边是圣母玛利亚和基督的雕像，雕像前面点着蜡烛，每次有两三个人跪在那里祈祷。卖蜡烛的老妇人一直盯着我看。站在教堂正中央，仰视着从高高的彩色玻璃窗照射下来的日光，确实令人觉得心情舒畅。因为是午后，没有礼拜仪式。但是偶尔能听到管风琴的低吟声响起，继而消失。右侧回廊的柱子下面有圣母玛利亚的立像，立像下面挂着一些匾额，匾额上是活版印刷的祷文。上面写到，若在此处做这番祷告，大主教将赐予一百天的免罪。祷文大意是："跪倒在古老的神像前，以圣母玛利亚之名祈祷，吾神之圣母啊……"祷文中还有这样一句话："我们的祖先曾在此地，在这神像前，诉说几个世纪来巴黎的悲欢离合。"年轻女子用黑纱遮住面庞，手上拿着长长的蜡烛，伫立在神像前。然后她倚靠着栏杆，跪倒在地，一动不动。美丽的肩膀时不时地上下起伏，帽子上的黑色羽毛似乎在颤抖一样。紧挨着圣母玛利亚的是圣女贞德的石膏像，旁边贴着为完成这尊塑像而设的募捐告示。回廊深处，有几处神父听取忏悔的场所。前年,我在意大利的教堂第一次看到忏悔的场面,当时就觉得讨厌,从那以后,每次看到忏悔室,都会觉得神父可恶,信徒可爱。里面走廊的门旁边,贴着一张告示说:"参观宝藏者,请等待看守人。"有两个修士站在那里交谈。

出门之后,外面刮着干燥的风。从教堂前面向右转,就到了登塔的楼梯。

楼梯昏暗而狭窄,呈螺旋形,我拾级而上。墙壁上满是涂鸦,大都是参观者的名字。爬到楼梯尽头,就来到中段的回廊。虽然薄雾蒙蒙,但还是能将圣丹尼到波亚一带尽收眼底。钟楼下面的门开了,一个女人探出头来。她问我是否要登塔,说着打开了一扇门,那是塔的入口。

"下来之后请敲这里。"她咚咚地敲了两下门,给我示范,然后就将我关在塔内。四周一片漆黑,只能一边用手摸索,一边爬上楼梯,登上塔顶。风很大,戴不住帽子。摘下帽子,头发就被吹得凌乱不堪。我好不容易展开旅行指南上的图,俯视整个巴黎。塔顶的石材历经日晒雨淋,表面上附着了贝壳的化石。教堂的历史、巴黎的历史固然有趣,这太古贝壳的历史也令我深感兴趣。屋脊的铁皮上、石头上,都刻满了人名和日期。下塔后,我咚咚敲门。等了一会儿,没人来开。我又用鞋子咚咚地踢了几下。又等了一会儿,才终于有人来开门。刚好另一个人准备登塔,和我擦肩而过,看守人也同样对他嘱咐一番,然后从外面上了锁。"看一下塞瓦斯托波尔的钟吧。"看守人走在前面,领我去另一侧的钟楼。她蒙着黑色面巾,戴着黑色的披肩,背后的下衣破破烂烂的。栏杆上,几只可怕的怪物正俯视着巴黎。

"您看这怪物。他叫沉思者,整年都像这样托着腮思考。"说完,她又回到钟楼,带我进去。她向我介绍,左侧就是所谓的塞瓦斯托波尔钟,从克里米亚运过来的,右侧是这里的大钟,重多少千克,中间悬着的钟锤重多少千克。她让我看摇动大钟的机关,并用旁边的铁棍轻轻地敲给我看。只有在特别的节日里,才会真的撞响这口钟。我问雨果小说里提到的希腊文涂鸦是否确有其事,她说:"现在已经没有了。您也知道卡西莫多的故事啊。"[1] 说着,她那苍白的脸上露出了笑容。

我们回到原来的入口处时,刚才登塔的男人也和我一样在里面咚咚地敲门。女人道着歉,给他开门,又带他去看钟了。

下次再向您汇报。今天是狂欢节的最后一天,应该会很热闹。

明治四十四年(1911)三月,《东京朝日新闻》

---

[1] 雨果曾在《巴黎圣母院》的序言里写到,他在参观圣母院时,在一座尖顶钟楼的阴暗角落里发现了墙上手刻的字:ＡＮΑΡΚΗ(意为命运)。这几个大写的希腊字母历经岁月侵蚀,深深地嵌进石头。难以描述的符号,其中蕴藏的宿命和悲惨的意义,深深震撼了雨果的心灵,激发了他的灵感,于是写下了《巴黎圣母院》这部不朽的著作。

自巴黎（二）

不久前，我参观了雨果博物馆，其实就是雨果的故居，里面陈列了一些遗物之类的东西，向公众展示。陈列品中有许多雨果的画作，画得相当不错，令人钦佩。另外还有许多其他画家创作的，描绘雨果作品中的情景的画作。其中一幅描绘了《悲惨世界》里，芳汀在马路上被粗鲁的男人用一大团雪按到肩膀上的情景。据说这一幕是雨果在现实中的亲眼所见。向导向一个身穿葱绿色西装，貌似是英国人的游客讲解着。穿葱绿色西装，戴葱绿色软帽，如此打扮的男人，我在许多地方都会碰到，简直不可思议。在挪威的船上碰到过，在维苏威火山也碰到过。他们都带着卷舌音，说着"well"之类的话。楼梯的墙壁上挂着镶在框里的印刷品，前面站着三个身材矮小，肩膀耸起的男人，他们正在高声朗读上面的内容，并不时地交谈着什么。把细小的铅字逐一地读出来，这一点很

像德国人。博物馆里还有很多有趣的陈列品，但是由于看得匆忙，记忆并不完整。如果有闲暇的话，我还想再去一次。

　　今天（三月二十三日）是大斋期的第三个星期四。据说这一天会从全巴黎的洗衣女中选出最美的女王，并举行盛大的游行。过午时分，我出门去附近的大道看热闹。人行道的旁边到处都在售卖包着五彩纸屑的纸袋，还在卖面具、纸做的掸子、发出鸡鸣声的笛子等。还有一种玩具，只要往里面吹气，它就会晃晃悠悠，像大象鼻子一样伸长。街上人群熙熙攘攘，许多巡警都出来警戒。天气晴朗，暖洋洋的，有点像东京赏花时节的氛围。住在楼上的人家都打开窗子，俯瞰街上的盛况。华丽的女帽格外引人注目。时不时有人从窗口撒下五彩纸屑，恰如樱花飘落一般。偶尔也有人抛出长长的纸绳。还有化装成各种模样的人群走过。小孩子也有很多。等了一会儿，骑兵来了，那是游行队伍的前导。据说这种叫作胸甲骑兵，一个个戴着闪闪发光的头盔，垂着黑色的头发。紧随其后的是乐队。已经停运的电车顶上也挤满了人，从上面抛出无数的五彩纸屑。乐队后面是奇形怪状的花车。巨大的乌龟脑袋上竖着烟囱，背上驮着铁路官员的偶人，它们随着车子的前进左摇右晃。据说这是在嘲讽国有的西部铁路。接下来陆续出现的是各区女王的车。女王们无不笑容满面，向道路两侧投去飞吻。围观的人发出一阵阵的喝彩。强烈的阳光下，也有人热得皱起眉头。还有各种商业团体的旗帜。然后是扮成古代骑士的队伍。还有分别代表绘画、音乐、诗歌等的花车。打着红十字旗帜的救护队也混在其中。等了很久才等到"女王中的女王",只见她头戴王冠,坐在花车最高层的宝座上。然后又有各种广告的花车,最后又是骑兵警卫。游行队伍接下来要朝里沃利街、香榭丽舍大道方向行进。大街上非常拥挤,时不时也会有人将五彩纸屑抛到我身上。我进了一家简陋的咖啡馆休息,里面有四五男女围坐桌边,正在弹着曼陀林唱歌。前年,初次踏上西洋土地的那个夜晚,我住在热那亚的旅馆里,深夜就曾听到有人在窗下弹着曼陀林唱歌。那曲调给人一种奇妙的感觉,说不上是感伤还是鄙俗,今天听到的依然让我有同样的感觉。这样的曲调,在德国不曾听到过。回来后我抖了抖外套,五彩纸屑掉得满屋都是。

四五日前,我在歌剧院听了古诺[1]的《浮士德》。魔鬼梅菲斯特的低音我很喜欢。逼真的道具,巧妙的光线运用,无不令人赞叹。开场的信号是一阵咣当咣当,类似敲地板的声音,这一点与德国不同,给人以滑稽之感。最后一幕之前有芭蕾舞表演。我在日本时,曾在 STUDIO 还是什么杂志上看到过德加的粉彩画《舞女》,当时觉得有些傻气、无聊。但是后来看了芭蕾舞,再看过德加的真迹,我才明白,他的作品相当真实

---

1 19世纪法国作曲家。——译者注

地表现了这样一种光景、运动、色彩和感觉。

  演员的唱腔不如我去年在维也纳听到的好。我把这点感受告诉同住一家旅馆的德国人,他满脸自豪地说,歌剧就数德国最好。他还很愤慨地批评巴黎人随意删减剧本,比如瓦格纳的四幕剧,被删减到只剩两幕。

  明治四十四年(1911)五月,《东京朝日新闻》

（夏目漱石寄予寺田寅彦的亲绘明信片）

追忆夏目漱石先生

那是在熊本第五高等学校第二学年期末考试结束后的事情。两三个同县的学生考试失利，为了"讨分数"，大家要组织游说委员拜访各自的代课教师。不知道是幸运还是不幸，我被选为其中一员。当时，我亲戚家的一个男生考砸了夏目漱石先生上的英语课。他家境贫寒，学费是别人资助的，如果成绩不及格，资助者可能会切断资助。

第一次去拜访时，先生家住白川河畔，藤崎神社附近一条幽静的街道。有的老师，对来"讨分数"的学生断然不见，让其吃闭门羹。夏目先生却不然，他平心静气，愉快地接待了我们。他默默听完学生哭诉原委，但并没有说给不给分数。总而言之，我完成了重大的委员使命，闲聊之末，问了先生一个愚蠢至极的问题："俳句到底是什么？"我在很早以前就知道先生是有名的俳句诗人，当时，我对俳句的兴趣也日益浓厚。先生当时回答的要点，至今依然记忆犹新。"俳句是修辞的结晶"，"集中描写一个如同扇轴般的点，暗示由此发散出来的想象世界"，"'落花如雪'这样的俗套描写就很普通"，"'秋风怒张白木弓'这样的句子就是佳句"，"有的人下很大功夫也写不好，有的人一开始就下笔如有神"。听了先生这些话，突然我也想作俳句了。于是，那个暑假回家后，我利用手边的材料，作了二三十首。暑假结束后，九月一回到熊本，第一件事就是拿着这些俳句去拜访先生。下次造访时，先生把俳句诗稿还给我，上面已然精心修改过。有的地方写着一些短评或类似的句子，有的做了删改，其中两三句前面还画了一两个圈。之后，我就像上瘾一样热衷于作俳句，一周往先生家跑两三次。当时，先生已经从白川河畔搬到了内坪井。尽管距离我寄宿的立田山麓很远，但每次去先生家，我的心情都像是赴恋人的约会一样。先生家门朝东，没有屋檐，进去以后，迎面玄关放着一块脱鞋石，看上去像是被横飞的大雨打湿过似的。记忆中，每逢雨天，我都要在进屋之前拿手巾用力把沾满泥的脚擦干净，这倒也没什么，只是先生让我坐到丝绸坐垫上时，我会感到有些难为情。玄关左侧有一个六张榻榻米大小的房间，西侧相邻的那间大概八张榻榻米大小，这两间房都朝向南侧，和庭院之间隔着一道共通的走廊。平庭里没有种任何植物，前面是建仁寺的围墙，围墙对面是一块田地。攀爬在围墙上的牵牛花藤蔓，即便到了冬天已经枯萎，依然挂在那里。这个六张榻榻米大小的房间是普通的会客室，而那间八张榻榻米大小的是起居室兼书房。记得先生有句俳句，"牵牛花缘手巾架"，那手巾架就放在会客室的走廊上。

先生总是穿着黑色的和服外褂，正襟端坐。新婚不久的师母有时也会来到玄关，穿着带有家徽的黑色绉绸和服。在我这个乡下人的眼里，先生一家都是端庄典雅的。去先生家总能吃到上等的带馅点心。有一种点心，像是水晶糕，红白两色，很是漂亮，先生大概很爱吃，常拿来招待我。先生把我带去的俳句稿连同他自己写的一并寄给正冈子规，子规批改后再返回给先生。就这样，其中我写的好多俳句得以刊载在《日本》报纸头版左下角的俳句栏中。我也学着先生样子，将报纸剪下来收藏在纸袋中，以此为乐。第一次看到自己写的东西变成铅字，很是开心。当时，除我以外，跟着先生学习俳句的还有厨川千江、平川草江、蒲生紫川（后来成了原医学博士）诸位。大家开始搞俳句会，就同一题目作俳句，互相选出佳作。起初是办在先生家里，后来也到其他人家里办过。有时，我还会跟先生两人对坐，尝试十分钟内作十首俳句。每当这时，先生便妙语连珠，有时候连他自己也被逗得哧哧发笑。

我曾与先生商量能否到他家寄宿，先生说，只有后面堆放杂物的一间屋子亮堂些，可以来看看。说着就把我领过去，我一见那屋子没有铺席子，满是灰尘，真的是个杂物间，一下子就泄气了。但是，如果我当时坚持要住进去，说不定老师会给我收拾干净，铺上席子，只可惜当时的我完全没有那份勇气。

那时与先生要好的教授同事中有狩野亨吉、奥太一郎、山川信次郎等人。人们普遍认为，先生所作《二百十日》[1]中的一个人物原型便是奥氏。

1　夏目漱石 1906 年发表于《中央公论》的一部中篇小说。

先生在学校里教授《一个吸食鸦片者的自白》《织工马南传》。据说先生在松山中学任教时期，讲课非常细致，会对文本逐字解释，但在教我们的时候，则与此相反，以达意为主。上课时，先生只是流畅地朗读一下，随后便问："怎么样，大家理解了吗？"然后，就文中的某一小节，在黑板上写下各种引文。有一次考试，我把背诵下来的先生曾引用过的几节荷马诗句写到了答卷上，并为此大大得意了一番。

先生走进教室，先从背心内袋里掏出不带链子的镀镍怀表，轻轻放在桌子一角，然后开始讲课。遇到稍微有些复杂的内容，讲到得意之处，他会习惯性地伸出食指斜按在自己的鼻梁上。有一个男学生喜欢刨根问底，先生烦了，便说："这样的问题，就算你问作者本人他也不知道。"把他打发了。当时我的许多同学都害怕先生，我却一点不觉得他可怕，反而觉得他是最和蔼可亲的老师。

每天上午七点到八点是课外讲座时间，主要面向文科的学生，讲的是《奥赛罗》。记得那是寒冷时节，从二楼窗口望去，看到先生裹着黑大衣，姿势像在游泳一样快步从正门进来，就有同学欢呼说："啊，来了，来了！"黑大衣的扣子扣得整整齐齐，给人的感觉时髦又潇洒。但是，先生在自己家里穿着黑色的外褂，仿佛很冷似的正襟危坐时，又有一种古典的气质，像是水户浪士一般。

暑假里，我回家省亲，收到先生寄来的明信片，上面画着一幅简单的水墨画，画上是一个伸展双腿、仰面午睡的人，旁边写着一首俳句。好像是什么"狸猫午睡"之类的句子。狸猫般的脸上留着先生特有的胡子。由此看来，先生那个时候就有午睡的习惯。

我从高等学校毕业，进入大学的时候，在先生的介绍下，去上根岸莺横町拜访了卧病在床的正冈子规。当时，子规给我讲了夏目先生参加工作时的各种波折。实际上，子规和先生是彼此敬畏的至交好友。但是，当我问先生对子规的看法时，先生有时会笑着说："说到底，子规是个凡事都觉得自己更厉害的狂妄之徒。"尽管先生嘴上这么说，但还是能感受到二人互相体谅、互相爱慕的情谊。

先生出国留学时我去横滨送行。他乘的是劳埃德公司的普鲁士号。出航时，与先生同行的芳贺矢一和藤代祯辅一边挥动帽子，一边向送行的人们告别。[1] 唯有先生一个人倚在离他们不远的船舷边，一动不动地俯视着码头。船开动的时候，我看到师母用手绢捂上了脸。不久，我收到一张先生从神户寄来的明信片，上面写着："海上秋风吹学子，形单影只独一人。"

---

[1] 1900年，夏目漱石前往英国留学，芳贺矢一、藤代祯辅与其乘坐同一条船前往德国留学。芳贺矢一是日本国文学者，回国后任东京大学教授，确立了日本文献学。藤代祯辅是德语文学家，回国后任京都大学教授。

先生留学期间，我生病休学一年，在家乡的海边疗养。不堪无聊，写了一封冗长的信寄往伦敦，满心期待先生的回信。病愈重返东京不久，妻子去世了。我住在本乡五丁目的时候，先生回国，我去新桥站（现在的汐留站）相迎。还记得先生下了火车之后，用手托起女儿的下巴定睛凝视了许久才放开，露出不可思议的微笑。

先生刚回国时，暂住在位于矢来町的岳父家，中根宅邸。我去拜访他时，恰逢一只装满书的大木箱行李寄到，一个名叫土屋的人打开箱子，正在把书往外拿。当时有幸见识到英国美术馆许多名画的照片，先生要我挑选两三张喜欢的，于是我要了雷诺兹[1]的少女像和牟利罗的《圣母玛利亚》等名作。先生从手提包里拿出一束人造白玫瑰，我问他那是什么，他说是别人送的。那天在先生家吃了寿司。当时我完全没有意识到，后来才听人说起，那天先生夹海苔卷，我也吃海苔卷，先生吃鸡蛋，我也拿起鸡蛋，先生吃剩了虾，我也剩了虾。先生逝世后留下的笔记本中写了"T吃寿司的方法"，估计说的就是那时候的事情。

自从先生定居千驮木以后，我就如同往日一样隔三岔五跑去玩。那时先生仍然是英文老师、俳句诗人，还不至于门

---

1 乔舒亚·雷诺兹（Joshua Reynolds，1723—1792），18世纪英国著名肖像画家，英国皇家美术学院创办人。

庭若市,但我也着实给他增添了不少麻烦。即使先生说今天很忙,让我回去,我也会找各种理由,赖着不走。先生工作的时候,我就在一旁看 STUDIO 杂志上的画。当时先生喜欢透纳的作品,给我讲过许多这位画家的故事。记得有一次,先生不知道从哪里得到了一点稿酬,立马就去买了一套水彩画颜料、写生本和象牙拆信刀,很高兴地拿给我看。他用颜料在明信片上画画,寄给亲友。小说《我是猫》出版后,先生跟桥口五叶[1]和大塚楠绪子[2]等人也交换过明信片。后来象牙拆信刀的前端出现了小缺口,我还用小刀帮先生修复过。先生说要让拆信刀有些年代感,于是总把它放在脸颊和鼻子上磨蹭,这样油脂渗进去,它就变成了玳瑁色。书房墙上挂着一幅书法,好像是黄檗宗派的某位和尚所作。案头放着一把天狗的羽毛扇,用深棕色墨水写满蝇头小字的笔记本也总是在桌子上。有一段时间,墙上还贴着铃木三重吉[3]的侧影自画像。我想起有一次,不知是谁送了一瓶柑桂酒,先生喜欢那瓶子的形状和颜色。让我喝酒的时候,先生嘴里还在念叨:"这酒有杉树叶的味道哦。"先生爱吃草绿色的羊羹,每次一起

---

[1] 桥口五叶(1881—1921),明治末期、大正时期的文学书装帧家、浮世绘研究者。
[2] 大塚楠绪子(1875—1910),明治末期的和歌诗人、作家,夏目漱石暗恋过的才女。
[3] 铃木三重吉(1882—1936),儿童文学作家、日本儿童文化运动之父,曾经也是夏目漱石的学生。

去餐厅，他都会问有没有青豆汤。

先生因小说《我是猫》一跃成名之后，《杜鹃》杂志[1]相关人员的朗诵会常常在先生家里举办。先生的《我是猫》之后，接着朗读的经常是高滨虚子[2]。先生有时会带着极不自在的表情，拘谨地听别人朗读自己的作品。

我在学校翻阅旧的《哲学杂志》时，看到一篇稀奇的论文。作者名叫雷韦朗·哈顿[3]，论述的是"上吊力学"。我将此事告诉了先生，先生说："有意思，拿来给我看一下。"于是我从学校借来杂志给了他。这篇论文后来在《我是猫》中成为寒月君[4]的演讲内容。先生读高等学校时擅长数学，所以即使是读论文，他也能够正确理解，这样的素养，在文学家中恐怕也是特例吧。

记得有一次，有幸和先生、高滨、坂本、寒川[5]诸氏同去神田连雀町一家鸡肉餐厅吃饭。当时在向须田町方向漫步途中，寒川先生聊到"一个新闻记者投河自尽的故事"，后来这个场

1　首刊《我是猫》《少爷》的杂志。
2　高滨虚子（1874—1959），俳句诗人，对现代日本俳句文学的发展有重要影响。
3　此处应指的是爱尔兰科学作家塞缪尔·霍顿（Samuel Haughton, 1821—1897）。
4　指《我是猫》中的一个人物，水岛寒月。
5　坂本应指坂本四方太（1873—1917），寒川应指寒川鼠骨（1875—1954），两位都是日本俳句诗人。

景也出现在了《我是猫》某一节中，成为寒月君的一个行迹。

上野的某家音乐学校每月定期举办明治音乐演奏会，我有时会和先生一起去听。一次演出中有标题音乐类的曲目，掺杂了蛙叫声和开香槟的声音。大概是因为太滑稽了，我们回去的路上，漫步至精养轩前，先生模仿起了呱呱呱的蛙叫声，发出由衷的大笑。我觉得那时的先生仍然有着朝气蓬勃的书生气。

有一次，先生看见我的白色法兰绒衣领都脏成灰色了，嫌我邋遢，便吩咐女佣拿去洗。在这方面，先生真是一个地地道道的东京人。他爱打扮，在服装上很挑剔，每次出门都会穿得非常得体。有时，他会跟我说："我新做了一件衣服，你帮我看看。"在穿衣打扮方面，先生给我打的分数从来都是不及格。棉绒内衣从袖口露出来两寸，常常被先生笑话。而且，我一向我行我素，比如先生搬家的时候，我也不去帮忙，这一点完全应当扣分。先生还曾取笑我说："T从家乡给我带的特产就是一条干松鱼。"但是，对于抱着赤子之心聚在先生门下的年轻人们，无论有什么缺点或是过错，先生都像慈父一样宽容以待。不过，对于社交技巧背后隐藏的敌意和算计，先生其实是相当敏感的，这一点通过阅读先生的作品就可以了解。

先生在创作《虞美人草》这部小说时，说要参观我正在做研究的实验室，于是我带他来学校参观了地下室的实验装置，并进行了详细说明。恰好当时正在拍摄子弹飞行时前后气流的纹影照片。先生问我："我要把它写进小说，可以吗？"我说那样不太好，先生就让我谈谈其他实验。正好我当时在读一位叫尼科尔斯的学者做的"光压测量"实验，于是就讲给了先生听。先生只听了一遍，就完全抓住了要领，将其写成了小说中"野野宫"实验室的场景。光是听说而未曾亲眼见过的实验，先生却能够描写得非常逼真，我想这在日本的文学家中，很少有人能做到。

不仅如此，先生对于普通科学也有着浓厚的兴趣，特别是科学方法论，尤其喜闻乐见。从先生的论文、笔记中可以看到，曾经有一段时间，先生一直在思考文学的科学研究方法这一大论题。但是，先生晚年忙于创作，无暇顾及这方面的研究。

先生在西片町住了一段时间后，搬到了早稻田南町，我还像往常一样频繁登门拜访。即便约定过星期四为会面日，我还是会在其他时间找理由跑去打扰他。

我出国留学期间，先生大病在修善寺静养，曾一度徘徊在生死边缘。当时，我在哥廷根的住处收到了小宫君[1]寄来的明信片，上面画着当时先生的住地。回国后，与先生久别重逢，感觉先生跟以前有点不一样了，也许是变老了吧。那个模仿蛙叫的先生已经一去不复返了。可能是延续了以前画水彩画的喜

---

1 指小宫丰隆（1884—1966），德文学者、文艺评论家，夏目漱石门下"四天王"之一，被评论家誉为"漱石研究第一人"。

好，现在先生热衷于画一流的南画。当我毫无顾忌地对他的作品提出批评时，先生会把嘴张成四方形，露出愁苦的表情，不过，他还是会接受批评，继续修改完善。先生一方面非常固执，另一方面，也能虚心接受他人的意见，是个和蔼慈祥的老人。而我就是看准了这一点，才会提出那些自以为是的无礼批评，心中也感到抱歉。记得有一次，我们一群人带着先生去浅草的月神游乐园坐旋转木马。这的确有些为难他，但是先生还是任由年轻人摆布，坐上木马一圈一圈地转起来。当时，先生经常去逛赤城下的古董店，物色到"三块钱的柳里恭[1]真迹"之类的东西，就邀我一同去看货。记得京桥旁边的读卖新闻社举办第一届Fusain会[2]展览时，我相中了一幅画，跟先生讲我想豁出去买下来，先生说："好，我帮你看看。"于是我们又一同去看了那幅画。先生说："的确很好，买吧。"

先生晚年对书法也很热衷。听说泷田樗阴[3]君周四会面日一大早就来到先生家，催促先生给他写几张，先生毫不介意，让写多少就写多少。我总觉得自己随时可以请先生写，所以最终都没向先生讨过一幅字画，但是，不记得是什么时候了，先

---

[1] 江户时代中期的武士、文人画家，原名柳泽淇园，后改为中国名"柳里恭"。
[2] Fusain会，大正时期结成的美术家团体，成员有斋藤与里、岸田刘生、清宫彬、高村光太郎等人。Fusain为法语，意为木炭。
[3] 泷田樗阴（1882—1925），本名泷田哲太郎，大正时期的杂志编辑，曾任《中央公论》总编。

生竟专门在绢上写了一首汉诗，附上书信赠我。除了先生住在千驮木时寄给我的明信片以外，这件物品成了我唯一的纪念。不过，先生逝世后，我又从他家属那里得到过一幅先生的挂画。

先生曾跟着宝生新[1]学谣曲，有一次唱给我听。我说他卷舌，先生嫌我嘴下不留情，一直耿耿于怀。

先生住早稻田的时候，有一次我正在客厅里和他说话，一个衣着粗糙的怪人从走廊上走进来，看着像是喝醉了。他刚在先生面前坐下，就突然开始大声谩骂。后来问了先生才知道，这人是曾经赫赫有名的作家O，是M君带来的。M君看到这意外的光景，一时间不知所措，进退两难，但是当时先生对付这醉汉的态度很有趣。对方醉得说话口齿不清，先生也不甘示弱，以同样的态度和口吻，跟他愉快地聊了起来。那一次，我感觉自己终于亲眼看到了先生作为一个地道的东京人，不肯服输的一面。

先生最后患上重病的那段时间，我也生着同样的病，身体虚弱。我在江户川河畔的花店买了秋海棠去探望他时，医院已经不允许会面了。据说师母把花拿进病房的时候，先生只说了句："真美啊。"我站在厨房的火炉边和M医师聊先生的病情时，突然听到病房传来痛苦的呻吟声，好像再一次大出血了。

---

1 宝生新，原名宝生朝太郎（1870—1944），明治、昭和时期的能乐师。谣曲，指日本能乐的词曲。

我没赶上先生的临终时刻。K君特意飞快地跑来告知这一消息,于是我搭乘人力车奔往早稻田。途中,透过人力车前面车篷上镶嵌的塑料窗看到的街边灯光,突然变成了模糊的星形,好像在发疯似的狂舞。

先生教会了我很多东西。我不仅学到了俳句的创作技巧,还懂得了透过自己的眼睛发现自然美。同样的,先生还教会我辨别人心真伪,教我应该去爱真憎伪。

但是,我内心住着的那个极端利己主义者会说,于我而言,先生的俳句写得好不好,是否精通英国文学,这都不重要,甚至先生是不是大文豪,也无关紧要。相反,我倒是希望先生永远只是一个默默无闻的学校老师。如果先生没有成为德高望重的大家,我想他至少能更长寿一些。

每逢遭遇不幸,心情沉重时,去找先生聊天,心里的重担就会轻松不少。每逢遭遇不公或烦闷,心情黯然时,和先生相对而坐,心里的乌云就会一扫而空,然后我便能带着焕然一新的心情,将全部精力投入自己的工作。于我,先生的存在本身便是一种精神食粮,一剂良药。这种不可思议的影响到底源自哪里?为了找到问题的答案而去客观地分析先生,这是有问题的,我也不愿这样做。

我想,穿过花下的小径,聚集在先生门下的众多年轻人,可能都会跟我有同样的感受。因此,我在这里写下这些不得要领的追忆。倘若让读者误以为是我独自霸占了先生，希望你们知道，这是代表了其他众多门生各自真实的心情。在先生逝世后的今天，每每有机会和同门们见面相聚，大家都会感到难以名状的怀念之情。这份情愫的背后，隐藏着昔日在千驮木或早稻田的先生家中，大家聚会时的愉快记忆。

我的记忆力并不好，所以在这篇追忆的记录中，可能有许多时间上的错误和事实差错。我只是尽可能忠实地写下我主观世界里先生的模样。这些细枝末节的片段，远不足以介绍先生的学者、作家身份以及先生的为人。关于这一点，还望读者朋友和同门诸贤宽恕。

昭和七年（1932）十二月，《俳句讲座》

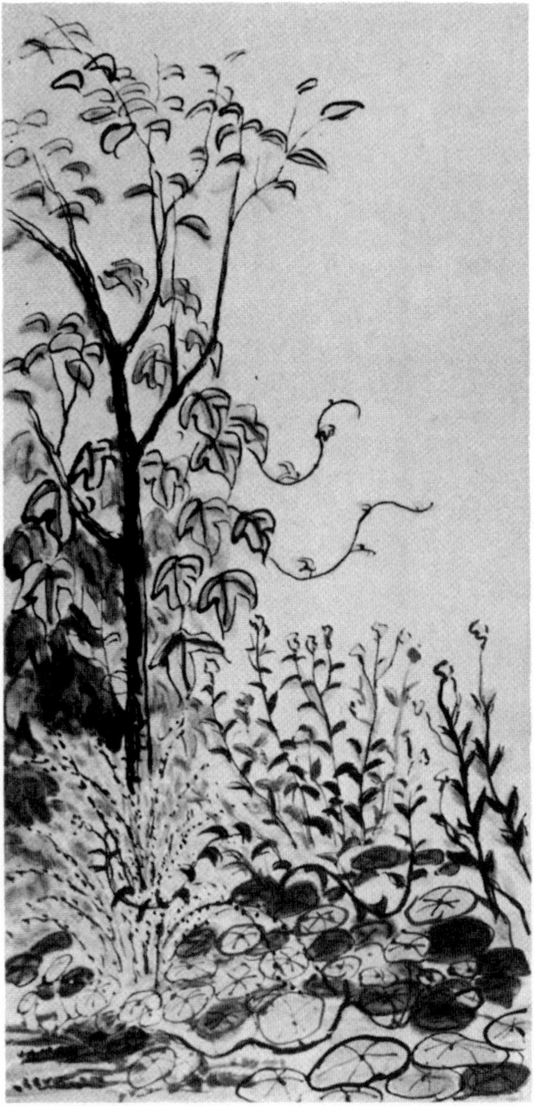

寺田寅彦年表

大正八年秋嶋田
寅彦画

◎ 1878年11月28日，出生于东京。因为生日是寅年寅日，故名寅彦。

◎ 1896—1898年，就读熊本第五高等学校。在英语老师夏目漱石和物理老师田丸卓郎的影响下，走上了科学和文学的道路。

◎ 1899年，考入东京帝国大学物理系。

◎ 1900年，寺田前往横滨港送别出发留学的夏目漱石；在《杜鹃》杂志上发表《车》，受正冈子规赏识。

◎ 1903年，1月夏目漱石回国，从此寺田经常出入夏目宅邸；7月，寺田大学毕业后继续深造，于一年后成为讲师。

◎ 1905年，4月在《杜鹃》杂志上发表《橡子》《龙舌兰》等作品。

◎ 1908年，获理学博士学位，着手于"尺八的音响学研究"；在《杜鹃》杂志上发表《花物语》。

◎ 1909年，1月成为东京帝国大学物理系副教授；3月赴欧洲留学；5月进入柏林大学研究地球物理学；8月开始在德国、俄罗斯、奥地利、意大利等欧洲列国旅行。

◎ 1911年，经法国、英国、美国回到日本，接受政府委任，从事海洋学研究。

◎ 1913年，在英国《自然》杂志（Nature）上发表关于X射线与结晶的论文。

◎ 1916 年，就任东京帝国大学物理系教授，9 月恩师夏目漱石去世。

◎ 1917 年，因对劳厄成像的实验方法及其解释的研究，获得日本学士院恩赐奖。

◎ 1920 年，因病开始疗养，并于随后 10 多年间，陆续在《周刊朝日》《中央公论》等杂志上发表随笔作品。

◎ 1922 年，爱因斯坦访日，寺田出席欢迎会。

◎ 1923 年，1 月岩波书店出版其随笔集；9 月亲历关东大地震，着手调查研究震灾。

◎ 1926—1927 年，提出"日本地震学史"，担任地震研究所专员。

◎ 1935 年 12 月 31 日，寺田因转移性骨肿瘤于家中去世，享年 57 岁，翌年藏于高知市。

◎ 1949 年 10 月，寺田寅彦纪念馆于高知市落成。